# 一花一世界

兰花

李振平 主编
李林芳 著

泰山出版社 · 济南 ·

# 总序

放眼整个人类的文化文明历史，说自然界中最具审美观赏价值与意义的植物非花莫属，绝大多数人会深表认同。各色各样、争奇斗艳、芳香醉人的花，凝聚着天地精华，躁动着乡野元气，飞扬着生命激情，流溢着审美性灵，写照着人格精神。不仅美化了环境，靓丽了风景，映衬了天地，更温柔了血液，活泼了心性，浪漫了情致，诠释了无限的美与诗意。

综观人与自然界的万千联系，说人与花的关系属于最密切最广泛一类，更是毋庸置疑。从古至今，人们将无限繁复无比美好的情感寄寓花卉之中，各色各样、争奇斗艳、芳香醉人的花，其色与味、气与韵、形与神、情与思、品与格、美与魅，从生活到艺术与人类息息相关，纵贯于人类历史发展、文化嬗变的各个时段，连通起每个个体生命的丰饶情思，成就了数不胜数的文学佳作名篇。

古时的文人雅集自然是少不了花的，且不说文人墨客们兴致勃勃展示自己插花手艺时的别有情趣，就连喝酒行令也常常以花为题，“飞花令”在唐宋两代是文人雅集时最喜欢的酒令之一，不知有多少唐诗宋词佳句，定格再现了文人墨客与梅相悦、与兰相得、与菊相立、与荷相揖的精彩瞬间；而今时的好友相约因花起意的更是寻常可见，“踏雪赏梅”“游湖观荷”“品茶鉴兰”“把酒看菊”的主题约会频频不断，或追溯流金年华的青春岁月，或缅怀懵懂青涩的美好初恋，或交流事业成功的各自欢喜，或相邀耄耋之年的再度相会……不知有多少美文靓图记载还原了休闲人生的惬意时光。

在从古至今的文学书写中，花更是一个长盛不衰的聚焦点，甚至可以说是一个永恒的母题。最早的诗歌总集《诗经》就写到了多种花，如《摽有梅》里的梅花、《桃夭》里的桃花、《有女同车》里的芙蓉花、《山有扶苏》里的荷花、《溱洧》里的兰花与芍药等，多属对花之美或似花美女的欣赏和咏叹。自《诗经》后，中国古典诗词中写花的名家名作堪称浩如烟海，其诗家、篇目之多至唐宋两代达到巅峰。

仅以梅花为例，从唐代的李白、杜甫、韩愈、柳宗元、李商隐、白居易、王维、孟浩然、元稹、崔道融、蒋维翰、张谓，到宋代的苏轼、陆游、王安石、范成大、欧阳修、李清照、辛弃疾、赵长卿、晏几道、姜夔、卢梅坡、陈亮……真是无以计数。诗人们或咏叹梅花的凌寒报春，或仰慕梅花的高洁坚贞，或赞誉梅花的皓态孤芳，其实都是在礼敬梅花“雪虐风饕愈凛然，花中气节最高坚”（陆游），“只留清气满乾坤”（王冕）的傲骨与精神。

这套“一花一世界”丛书策划的宗旨，是以花为切入点，通过梳理其从自然界进入人们生活并被人格化，逐渐成为中国的审美意象和文化符号，进而对国人的品行气质产生了深远影响的过程，诠释其承载着的博大精深的民族人文情怀和精神品格。

第一辑，我们甄选出在中国传统文化语境中最具典型意义的梅、兰、荷等几种花卉，邀集当代文坛几位女性散文大家执笔，从花的自然属性（生长于原野大地）、社会属性（走进庙堂和寻常百姓家）、文化属性（进入诗词歌赋、绘画书法）、审美属性（承载民族风情能指、精神象征意义、文化品格象喻）几个大维度切入，以立意高远、情趣洁雅、调性优美、思绪灵动、文字鲜活的生花妙笔，写她们各自眼里、心里、记忆里、镜像里的花，以及因花而勾连起的多姿多态的人生与人性世界。

从书里所写、所品、所思、所咏之花，不只是自然界各色花卉遍野绽放优美景色的文学描写，亦不只是花与山河相伴与岁月相守生生不息的前世今生的轨迹梳理，更是中华民族文化文明发展流变的精神投射。女作家们抛开了人们给花卉贴上的“风姿绰约”“色彩斑斓”“争奇斗艳”“赏心悦目”等泛化标签，紧扣每一种花的鲜活个性、生命特质、审美品格和精神气质，从自然物象本身的花之美、花之魅，到人们借花寄托表达情感心绪的转寓性移情之美，再到花进入古典诗词和现代文学作品中成为审美意象的隐喻象征之美，写出从古至今每一种花的流变、转型、增殖，甚或逆行过程中的所有逸闻趣谈、故事传说、爱恨情仇、悲欢离合，解读其能指的高尚人格、高洁道德和高雅气韵等意象审美特质，着力发探其丰饶鲜活的文化蕴含，为读者探寻人文中华的历史缘起和兴替嬗变的脉络源流，廓清厘定了中国“花文化”广远丰博之内涵。

写进这套丛书中的每一种花卉，不仅敞开了姹紫嫣红的自然之美，更以伟大的人格力量、高洁的道德情操、深厚的文化内涵，表征了华夏大地大爱无言、大德昭昭的沉朴民风和中华民族大悲大悯、大道大义的浩然国风。以文字定格的每一朵花儿，既蒸腾着熊熊烈火的极温，又凝聚着血液最浓稠最活跃的成分，注解着坚强不屈的中华民族精神和仁者博爱的文化品格；被文字激活的每一朵花儿，既如一泓行云流水，也如一句生活注解，诠释着葱茏翠绿的时光风华和真实安静的生命存在，给需要的人以欢喜以慰藉以启迪以审美以沉醉。

现在，请您，轻轻翻开这套丛书吧，嗅香、品魅、审美并沉醉。

李掖平

2021年6月

二 壁上兰影 …… 095
三 闲庭信步 …… 113
四 兰音渺渺 …… 123
五 兰舞翩跹 …… 130
第四章 兰之为镜 …… 137
一 兰花经 …… 140
二 在诗意里葳蕤 …… 151
三 以兰为镜 …… 162
四 出世 隐世 入世 …… 168

# 目录 CONTENTS


第一章 兰之在野 …… 001

一 时光里，一株兰草凌波微步 …… 002

二 下山兰有前世 …… 007

三 经脉里，一缕兰香 …… 014

第二章 兰之入世 …… 027

一 兰渚山记 …… 028

二 桨声水影说兰花 …… 039

三 市井幽兰 …… 048

四 爱兰者说 …… 063

第三章 兰之登堂 …… 077

一 厅堂有兰 …… 078

# 第一章

## 兰之在野

兰之在野，袅娜，娉婷。

兰之在野，混迹于杂草，偏居于林下，隐身于远山。

兰之在野，吸一口天地之灵气，以峰峦为琴，在时空的弦上，弹一曲高山流水。

兰之在野，恣肆而烂漫，如初长成的佳人，绝世而独立；兰之在野，飘逸而清澈，如以天地为庐的雅士，偏安于世外。

在大野，在幽谷，在千仞之壁，在孤悬于世的崖上，云深处，是兰草最初的故乡。风吹着时光，吹动一株兰草舒展的叶片，吹动她清瘦的腰身，几千年的柔歌曼舞，风止息——

于她的凌波微步。

## 一、时光里，一株兰草凌波微步

时光里的一株兰，在莽莽苍苍的山野，曾是不谙世事的草。

以一棵草的姿态安静地感受着雨水和节气，以一棵草的姿态平静地承受着风霜和荣枯。自在而率真，烂漫而不羁，一棵草，一个青葱的生命，点点涂抹，一种漫山遍野的境界。

河流优雅，从时光中穿过，带起细碎的浪花，在一棵兰草的心里泛起波澜，点点悸动，涂抹着大地，一片片的葱绿，一层层的金黄，一株兰草开始了最初的萌动。

“山中无甲子，寒尽不知年。”时日漫漫，天寒地冻的冬天，兰也是必须要承受的。皑皑白雪覆盖大地的日子，叶片和花朵散尽，一株兰伏在地下，微弱地呼吸，在泥土里开始艰难地学习包裹和收藏，缓缓伸展细弱僵硬的根，蔓延，汲取，根系渐渐粗壮，直至春风从天际线上过来。她和许多的野草一样，沿着解冻的河流，弹出小小的芽孢，在醉人的春光里，再一次起舞，一片片抽出细长的叶子，伸出叶状苞片，一点点蜕变，在时光里，修炼成静美的女子，倚着山际线远眺，怀抱着内心的念珠。

旷世的漫漫长夜里，她以一株草的姿态浸润着山野清润的气息，风吹起，叶片微微拂动间，又有了凌然于时光之外的神气。风继续吹，她腰身挺拔，恣肆的舞蹈述说生命之起伏。斜过来的风霜雨雪如流云，大风嘶吼，她从时光里抽出她的水袖、她的羽衣霓裳、她飞升的翅膀，一曲龙飞凤舞，一株兰草捧出了小小的跌落凡间的花朵。

花苞凝露，莹莹点点。从骨子里透出的安静和内敛，在那个时刻，突破了矜持，时光的缝隙里终于透出了一丝恣肆、一抹妖媚、一星灿烂。她以出尘的容颜、清冽的幽香，于茫茫世间卓然而立。

“与萧艾杂处，与众草为伍。”一棵兰草更多的时候，和“众草共芜没”，她努力将自己隐于草丛，隐于山峦，隐于世间光影里。但只是在一瞬间，一场盛大的开放使她从众草中挺立出来。她是兰，她是蕙，她是一棵草，但她是一棵弹拨山峦和时光的草。素手抚幽琴，她纤细的腰身撩拨着时间的经线和山峦的纬线，一缕幽香，如山水的律令、不染尘埃的音符，从年轮深处缓慢地氤氲开来……

经纬相交，飞云流泻。给一株兰草定位，用尽整个地球的经和纬。我的手指弹拨着小小的地球仪，看到了灿若星河的兰草：大洋洲和非洲的凤兰、芬兰和南斯拉夫的铃兰、塞舌尔的凤尾兰、津巴布韦的嘉兰、巴西和哥斯达黎加的卡特兰、厄瓜多尔和危地马拉的丽卡特兰……天上有多少颗星星，大地上就有多少棵兰草。而在亚洲，单是大花蕙兰的种植区域，就从印度、尼泊尔、缅甸、泰国和越南一直延伸到我国的西南部低纬度高海拔地区，德氏兰、独占春、多花兰、虎头兰、美花兰、黄蝉兰、碧玉兰、大雪兰、越南散氏兰、西藏虎头兰和短叶虎头，等等，品种繁多。兰草的雅集一路蔓延，从西南继续向中国腹地游走，从七彩的云南到贵州，到湖广，到秦岭，我看见兰草的脚步跟着高山深壑，逶迤而去，开放的声音在季节里次第响起。

山峦起伏，纵横蜿蜒，兰草的影子一路跟随。从岁始到岁终，从附生兰到地生兰，从热带、亚热带到暖温带地区，在高山密林，在灌木杂草丛中的腐殖土中，她们扎根、发芽——根呈长筒状，叶自茎部簇生，线状披针形。在我们广袤的国土上，她们还有了一个共同的名字——中国兰。

明　陈淳《花卉图》

一张中国地图，也是中国兰蕙分布图。

像一个农夫数口袋里的金子，我对着地图上的山川，对着时空中的四季，掰着手指，一一点着兰影。墨兰报春晓，拜新岁，在春天来临之前，在冬天漫长的寒冷中，墨兰拖着黑夜的影子，给大地带来一抹曙光，在南方的广东、广西、福建、云南、台湾、海南等热带、亚热带地区最先盛开。春兰接着占据了整个春天，从春寒料峭的二月起，从陕西、甘肃南部到江苏、安徽、浙江、江西、福建、台湾以及湖广、云贵川，蓬勃地盛开，覆盖了中国大部分的版图，海拔三百米至两千米甚至三千米的多石山坡上、林中透进阳光的阴凉地里，她们抖抖索索打开飞越春天的翅膀。古人称一茎九花为“蕙”，蕙兰是中国兰的兰心。从云贵高原到江浙再到西北的陕西、甘肃，阳光渐渐明媚，天堂一样明快的初夏四五月，在南坡的林中疏影里，有浓郁的香气袭来，蕙兰开了。在汉语体系里，“蕙”的释义是“纯美”，纯美的蕙兰值得拥有这样的光线、这样的关注。而整个夏天，海拔六百米至一千八百米的疏林下、灌丛中、山谷里，山溪边的悬崖峭壁之上，建兰肆意展示她漫长的花期，直到秋风起，不畏暑、不畏寒的建兰将花朵的灯盏点到季节深处。当四野静寂，大地上的繁华褪去，在福建、浙江、江西及湖广之地，在中国南方的括苍山下和楠溪江畔，在永嘉地处东南沿海的瓯江北岸，身材高挑的寒兰站上深秋的斜坡，修长、清瘦的叶片，匀称、飘逸的花朵，充满生机和神秘，一直开到腊月。面容清冷、花色清寒、孤傲不羁的寒兰是冬天的骨头。

她们在大地上穿插，在时空里交错，在纬度和经度上漫步，将四季衔接得严丝合缝，甚至在同一地域的不同海拔垂直分布，不同的品种在不同的季节，呈现给你不同的层次。

在中国地图上，中国兰星罗棋布。

肉质根，线形叶，直立的茎，捧着小小的芳香四溢的花朵，这就是中国兰的姿态了。

兰心蕙质，丰神内敛，这就是中国兰的气质了。

品性高洁，姿容典雅，这就是中国兰的精神了。

大野，清风，幽谷，赋予一株兰草立世的胎记。

时日安静，光影悠远，绝美容颜在时光里一闪而逝。更多的时候，一株兰草回归草的形态，隐于山的深处，闲看云卷云舒。

日出日落，风起风息，雨来了，雨停了，在盈盈碧叶间，摇曳着浪漫主义的情调。

四季轮回，山峦奔腾。“于巉岩绝壑中，独立不倚；以流芳馨香之质，抱慎独之志。”一株兰草在旷世大野里，圈出自己的领地，用几千年时光，酿她纯粹的淡雅的轻灵薄透的幽香。

## 二、下山兰有前世

少时读红楼，读到绛珠仙草“既受天地精华，复得雨露滋养，遂得脱却草胎木质”，便觉得绝美，便觉得唯有天地精华、雨露滋养才能养出“仙”的灵性，懵懂中就想世上所有的人都有一个“既受天地精华，复得雨露滋养”的有灵性的仙草的前世吧，而世上所有的草都会脱却草胎木质，化为人形，入红尘，惹一番尘世纠葛吧。便对那“既受天地精华，复得雨露滋养”的仙草的前世充满了向往。

后来读武侠，在山上随世外高人修炼绝学的弟子，奉师命下山，凭借一身绝世武功，从此入纷乱江湖，仗剑走天下，平不平之事，救水火中人，便更加迷恋那能让人修成绝世武功的“山上”，对“山上”充满向往。

又看到小人书“鬼谷下山”的故事，说是燕国和齐国交战，孙膑被擒，他的师父世外高人鬼谷子率弟子下山轻而易举地将他营救，就觉得“山上”太神奇了：“山上”有世外高人，“山上”能修道、修灵性，“山上”能修得上知天文、下知地理、去拯救人间疾苦的能力。

而在古典文学里，佛家云游、道士下山、仙界中人尘世历劫渡人，无论修佛论道，要修成正果，“下山”都是一个绕不过去的词，下山入世历经尘世悲欢也是一条绕不过去的路。下山，是生命到达圆满的必然的历程。

山上修仙，餐风饮露中修灵性，为仙道；山下修身，尘世悲欢中修人生，为君子之道。

“下山”，是一个绝美的词。下山，是君子立世修身的开始。

一株兰草下山了，世上那么多双手臂向她张开，那么多胸怀向她敞开。他们叫她“下山兰”，叫她“下山草”，叫她“落山草”。无论“下山兰”“下山草”还是“落山草”，称呼里都饱含着爱兰人对她深深的怜爱和疼惜。而我，喜欢“下山草”三个字。无数次，我听一个爱兰人叫出“下山——草”的时候，我听到了那在唇齿间缠绕不去的丝丝缕缕的爱恋。而更多的时候，爱兰人是直接叫“草”的，简简单单的一个“草”字，如同一个父亲叫他溺爱的女儿，尾音似乎可以无限延长的一个“草——”字，一个昵称，透着熟络的亲昵，透着无间的亲密，透着隐隐的不舍——“草——”这个字不舍得从他的舌尖离去，所以在空气中绵延不绝。

兰从神话的祥云中落下，从神秘的世外中落下，从云雾缭绕的山上落下，落到尘世上，落到烟火里，落到喧嚣中。空谷仙子，这个兰花的别称，是世人给予兰花的最形象的比喻。我常常想，绛珠仙草就是兰草吧，满腹才华，一身灵气，惹人怜爱的黛玉就是兰草幻化于世间的吧。

空谷幽仙子，落地为兰花。“下山兰”三个字也隐含着对一株兰草由衷的敬意，不染尘埃的兰草下山进了俗世，带着前世于空谷仙境修炼而成的淡然和神秘，衣袂飘飘地从云端降临，带着深山名川的高贵血统，带着天地灵气凝结而成的一缕幽香，带着她一世轮回中修炼出来的山野清气，丝丝缕缕，轻灵薄透，沁入尘俗的衣衫……

从此，一抹幽香、一袭倩影，沉静淡然，在尘世潜行。她粗壮

明　项圣漠　《花卉十开》册页

的根系，带着“山上”的一抔泥土，扎进世间温热的泥土。从此，世事杳然，她只秉承着自己的初心，静静地开，淡淡地诉说，对着尘世腾起的万丈红尘。

我无数次想象一株兰在山上的样子，想象她“既受天地精华，复得雨露滋养”的前世，一个身处三界外、不在五行中的小小的芽孢，在缭绕的云雾散开的空隙中抽出一小片叶子，又一小片叶子。小小的叶片小心地探出去，抖抖颤颤探入风的修炼中，被风抻得越来越长，越来越纤美；探入时光的雕刻中，被时光雕刻得越来越柔和，越来越缥缈。天上有日月星辰，大地上有高山深壑，时空中有云雾雨雪，地下还有她游龙一样翻腾的根系。她修灵性，也修性情，当她从炸裂的金丝线一样的阳光中举起她古灵精怪、如梦如幻的花朵，一株兰草就是一株兰花了，她举起的是她的魂、她的魄、她的灵。

千年修得一世魂。但命中注定，一株兰草，要修成她的道，还要去尘世烟火里历练，要去人间渡她的缘、她的遇见和离别、她的花开花落。

命中注定，她被采兰人发现，将她带下山，带入滚滚尘世。

“幽兰在山谷，本自无人识。只为馨香重，求者遍山隅。”翻山越岭，攀壁上崖的采兰人，奔着一缕幽香而来，采兰人的目光在她身上定格的那一刻，尘世戏台上的大幕已然拉开，追光灯打过来，我听见锣鼓檀板敲响了鼓点，没来由地，一句唱词响彻天宇“海岛冰轮初转腾——”

这个尘世，烟火蒸腾，喧闹，缤纷，像一个万花筒，接纳所有奔赴而来的事物，还她自在的样子；又像一个多棱镜，折射她的妖娆、她的光芒，遮蔽她的前世、她的今生。

一株兰草下山来到这个俗世，呼应风雅，呼应绵长的诗意，呼应神秘的传说，呼应绢帛上的山水花鸟——一丛水墨淡影，将一丛兰草最自在的样子留在时光中，而庭院中、影壁上、灯光下，一株兰用她窄长的叶片触摸，她一点点探进世间，探进她的缘分、她的传奇、她命定的邂逅中。

一株兰草下山了，带给这个世间清雅美好，又被这个世间敬仰珍爱。

而在江南，兰花遇见才子，才子遇见兰花，兰花摇曳在才子飞扬的文思中，在才子一遍遍的描摹和吟诵中，愈加轻盈灵动。

那些诗，那些画，都被一缕幽香浸透。

一株兰草下山了，带给这个世间那么多让人唇齿留香的词：如兰、若兰、芝兰、蕙兰、倚兰、宜兰、珠兰、娇兰……带给世间那么多美好的事物：兰若、兰舟、兰堂、兰谱、兰芳、兰馨、兰契……这世间从此有了那么多雅到极致的比喻：诗文之美被喻为“兰章”，友谊之真被喻为“兰交”，良友被喻为“兰客”……从此，世间有了那么多叫“兰”的女子，那么多传奇，那么多的诗词歌赋，那么多了然，那么多感悟，那么多探寻和飞升……

那个著名的叫张岱的才子，在著名的山阴，在琴棋书画、佳人美食之余，爱烹茶，迷兰花。他悟出了那么多高难度的烹茶技法：

勺法、掐法、挪法、扇法、炒法等等不一而足，并制作出“兰雪茶”——在茶水中保存住那极易一闪而逝的兰香雪意。袅袅升起的茶气中，幽兰一尘不染的山野清气遇见天空中飘然而下的一闪而逝的雪片，就沏出入世而又脱尘的兰雪茶。

那一抹兰香雪意，穿透时间的藩篱，缥缈在云端，缭绕在案头，至今缱绻不绝。

大师张岱，爱兰是爱到骨子里的，是极致的。

兰雪茶，也是一丛下山兰和尘世契合的极致。

采兰人，带着一丛兰草下山的那一刻，就是一株下山兰于尘世之中真正意义上的父亲。

采兰人的爱，是一株兰最初的缘分。鲁迅就是一个爱兰爱到骨子里的采兰人。他对兰草的爱，发自孩提时代，或许是来自越地祖上的文化承袭吧。少年鲁迅带着二弟作人、三弟建人走在采兰的山道上，那一刻的阳光是明净透亮的，从府山到塔山，少年采兰的脚步不停歇。江南的二三月，当兰花开放时，三兄弟还会走得更远，走到会稽山、兰渚山、箬山里，春游、采兰。那一年江南的春天里，鲁迅和周建人、王鹤照去会稽山下的大禹陵游览，顺便去会稽山采兰，于是有了著名的游记《辛亥游录》。上山采兰，其实只是越地人日常的一部分，但带着兰花下山，两袖山风，一抹清香，怎么想都是极美好的。这是一份江南人从越国古韵中承袭来的美好。

年少时上山披荆采兰，成年后在文学的世界里披荆采兰意。或许，就是那一缕清香，成就了绍兴才子鲁迅飞扬的才气，使他源源不断、绵绵不绝地笔下生花……

鲁迅家几代人都喜爱兰花，鲁迅在《致山本初枝》的信中说：“我的曾祖父曾经栽培过许多兰花，还特地为此盖了三间房子。”特地盖了三间房子养兰，鲁迅的曾祖父一定也是极风雅的兰迷。而一株兰草被采兰人带下山，甫一入世，就入了三间兰苑，被如此小心呵护，可见世人有多爱兰，兰草和这个世间的缘分有多深。

一株兰草下山了，而她的家族、她的根系在山上，在她的故乡。作家汗漫说“佛龛给禅意一种形状，戒指给恋情一种形状，米勒的画框给乡村一种形状”，那么，下山兰的前世里，她的故乡和山水，又赋予她的叶片、她的花朵，以形状，以香气，以禅意。她这一世，都带着故乡的印记，在尘世潜行。

从此，这个世界有了高雅、美丽，又带有神秘幽香的兰花。兰花散叶、开花，给这个世界以高贵、典雅的兰文化。从此，兰花入了人间，兰文化深深嵌入传统文化的根系中，一缕香魂，入经入脉，弥散在精神的血液中。

## 三、经脉里，一缕兰香

《黄帝内经》王冰注云：“兰，谓兰草也。”世上再没有一种花草比兰花更自带草的属性。以草的姿态入药，和众草一起奠定中药的基石，或许是兰草下山的使命之一。和下山的仙人侠士一样，下山的“空谷仙子”兰草带着千山万壑凝就的一缕幽香，从此游走于世，以身入药。药王孙思邈采兰医病，《黄帝内经·素问》中有《灵兰秘典论》。也许，兰是上苍赐给人类的仙草，怀揣使命，医治人世疾苦。

悠悠山川，危崖峭壁间，采药人的药筐里，也有兰草的一缕兰香。

“孤兰生幽园，众草共芜没。”李白诗中说兰草被众草“掩没”，何尝不能理解为兰草自愿将自己隐没在众草中，和众草一起共进退，共同撑起中草药的天空呢。

草的属性、草的低调，将娉婷优雅、品性高洁化进一片绿意，和众草一起伏于山野，只为走进人间，医治身体，也医治灵魂。

1

“溱与洧，方涣涣兮。士与女，方秉蕳兮。”《诗经·郑风·溱洧》为我们勾画了一幅悠远明丽的画面：冰雪消融的春天里，清澈的水流向着远方流淌，河岸上，山野里，男男女女手拿着蕳草走在明快的阳光下。这是先秦时期的郑国，每逢三月三日上巳节，俊男靓女在溱水洧水岸边手持蕳草，游春、约会。《毛诗传》说：“蕳，兰也。”这里的“兰”不是今天我们说的兰花，而是佩兰。《本草纲目》载：“（佩兰）叶似马兰，故名兰草。”兰的家族太过庞大，佩兰不具有纯正的兰家族血脉，而是菊科植物，但佩戴兰草之风，就始于郑国的那个春天的上巳节，空气中浓郁的香气，弥漫着浓浓的爱情的味道，发丝如墨飘逸飞扬，眉梢眼角流露着风情，一抹淡淡的羞涩在脸颊润开，一切都喜悦而祥和。

兰草芳香，真正的功效却是辟秽和中，古人佩兰也是用来祛除不祥，守护自己的身体。《神农本草经·上经·兰草》载："兰草，味辛，平。主利水道；杀蛊毒，辟不祥。久服益气，轻身，不老，通神明，一名水香。生池泽。"《楚辞·离骚》中说："扈江离与辟芷兮，纫秋兰以为佩。"古人佩兰之风源远流长，从《神农本草经》看，佩兰是为了"杀蛊毒"。古人认为鬼魅妖邪是致病因素，芳香的植物能祛病驱赶鬼妖，兰草特有的香气，使人们相信佩兰能趋吉避凶。《神农本草经疏》载："兰草辛平能散结滞，芬芳能除秽恶。"将兰草放入香囊，随身佩戴，以化浊辟秽，亦可预防病邪入体。

苏轼在《赠朝云》里说："明朝端午，待学纫兰为佩。"端午节佩戴香囊的风俗，绵延至今。小时候，每到端午，母亲和奶奶就坐在明媚的春光里缝香囊。俗话说"男戴仙锄女戴荷"，我的是一串五个小小的荷包，荷包灵巧可爱，每个颜色各有不同，绚丽明艳，五彩斑斓，带着纤细的皱褶。弟弟的则是一把硕大的锄头，端方稳重，棱角分明，利用四方花布的折面，叠出三角形拼接起来的图案。小荷包和大锄头都缀着丝线做成的各色流苏，里面鼓鼓囊囊塞满新鲜的青艾。用五色丝线编成的细绳挂在颈上的时候，奶奶还要念念有词："一锄（除）邪二锄（除）虫三锄（除）秽气保太平。"一个夏天，香囊都在胸前晃荡；一个夏天，艾草的香气都在身边荡漾。我和弟弟戴着艾草香囊肆意玩闹在故乡的夏天里，少年懵懂，不知烦扰，丝毫察觉不到病灾和疼痛就在身边，和自己擦肩而过。只是，故乡在贫瘠的沂蒙山边缘地区，不产兰草，我童年的香囊里便没有了空谷仙子的那一份轻盈和幽香。但无论兰草还是艾草，佩戴香囊辟邪，防蚊虫，防病灾，安然度过夏天的意义是一样的。一个个夏天，我们就这样平平安安过来了。

我没见过古人的香囊，古人的香囊定格在绣花针里，也定格在那时颊上红润、欲语还休的女儿家对爱情的想象里。细细考证起来，古人佩戴香囊的历史可谓源远流长，承载着我们民族诸多的文化信息。1971年，在长沙发现的马王堆汉墓，出土的文物中赫然出现了内装兰草的香囊。一枚枚香囊裹着兰草的芬芳，穿越两千年时光，呈现给现代的我们，告诉我们，早在西汉时期，人们便有佩戴兰草香囊的习俗，那时的兰草备受推崇，成为生命的守护仙草。

塞满兰草的香囊，戴在身上，就是一道护身符。

## 2

年少时在乡下，夏天是比较难度过的季节。我想在两千年前的古代，条件鄙陋，夏天更是难挨。蚊虫叮咬，天气闷热，湿邪侵体，秽气蔓延，人的身体便极易受到疾病侵袭。所以，开启夏天的端午节气便格外受到重视。不同的地域，不同的时代，端午习俗繁多，都可以写一本端午节宝典了。端午节兰汤沐浴，是其中最重要的习俗之一。据东汉中期的《大戴礼记》载："五月五日，蓄兰为沐。"《荆楚岁时记》是南北朝时期梁宗懔撰写的记录中国古代以江汉为中心的楚地节令风物故事的笔记体文集，它也有记载“五月五日，谓之浴兰节”。热气缭绕，兰香袅袅，熏蒸沐浴，其中的舒适通泰想想就很享受，看来古人真的讲究，有了这样一个兰汤浴，一个夏天呵出的气息都是兰草的香气吧，一个夏天都神清气爽吧。沐兰汤的习俗怎么想都很美好，所以，在古时，又把端午节称为浴兰节。而享受到了兰草煎水沐浴的妙处后，沐兰汤便不再限于端午节，古人在参加重大活动前或在日常生活中，都会沐兰汤。屈原《九歌·云中君》的“浴兰汤兮沐芳，华采衣兮若英”，说的就是祭祀前的兰汤沐浴；苏轼《华清引》中有“平时十月幸兰汤，玉甃琼梁。五家车马如水，珠玑满路旁”，琼汤温馥，腾腾雾气，华清池的兰汤浴真的是豪华阔气啊！宋代吴文英有一首著名的《澡兰香》，其中一句“午镜澡兰帘幕”，把古代端午节沐兰汤的画面勾勒得活色生香、婉约雅致，并从此创立了“澡兰香”这个词牌。

据《开宝本草》载：“（兰草）煮水以浴，疗风。”李时珍在《本草纲目》中对兰草也有详细记载：“气味：（叶）辛、平、无毒。主治：除胸中痰癖，治消渴，消痈肿，生血、调气，煮水，可以洗风病，可以解食牛马肉中毒。”由此看出，浴兰汤的真正作用是治风症。外感风邪或脏腑阴阳不和、气血失调、虚风内生所致的病症都是风症。今天的感冒就是风症，夏天风热感冒多，又特别难治。古人又用兰草制作药枕，以芳香行散、开窍提神的功效，来治疗鼻塞、神经性头痛、感冒性头痛等疾病。兰草具有解暑化湿、辟秽和中的功效，用于暑湿或湿温初起、发热头重、胸闷腹胀、脘痞不饥、恶心呕吐、口中甜腻、消渴等治疗效果最好。

从《神农本草经》的“杀蛊毒，辟不祥”到《本草纲目》的“除胸中痰癖，治消渴，消痈肿，生血、调气”，兰草的药理作用一点一点被认可和珍视，兰草已成为地地道道的中药。但无论是香囊佩兰，还是沐兰汤浴、药枕熏香，都是外用，而中药重在内服。“久服益气，轻身，不老，通神明”，虽然《神农本草经》里的“通神明”有些夸张，有我们当下颇为流行的“忽悠”之嫌，但我喜欢这样极致的比喻，有哲学的意味。长期内服兰草能增添气力，使身体轻巧而不衰老，达到神明通晓的境界，我觉得这是古人认为的生命中能达到的最极致的境界。

3

古代医学典籍关于兰草入药的记载繁多，却因为兰草品种和名称演化等原因，历代关于兰草种类和医病颇有争议。而现代医学里的兰草更是种类浩繁，药理驳杂。

也是，兰草有不同，不同的品种、不同的地域，她有不同的分身，以对千变万化的病症。兰科植物可入药的有82属343种，而兰花的根、叶、花、果、种子均可入药。“百度”对兰草（中药）的释义是：“兰花，中药名。为兰科植物，建兰、春兰、蕙兰、寒兰、多花兰或台兰等的花。归经：归肺、脾、肝经。功效：调气和中，止咳，明目。”当然，兰草的品种不同、部位不同，疗效亦有不同。如建兰根煎汤服，为催生圣药，叶可治百日咳，果能止呕

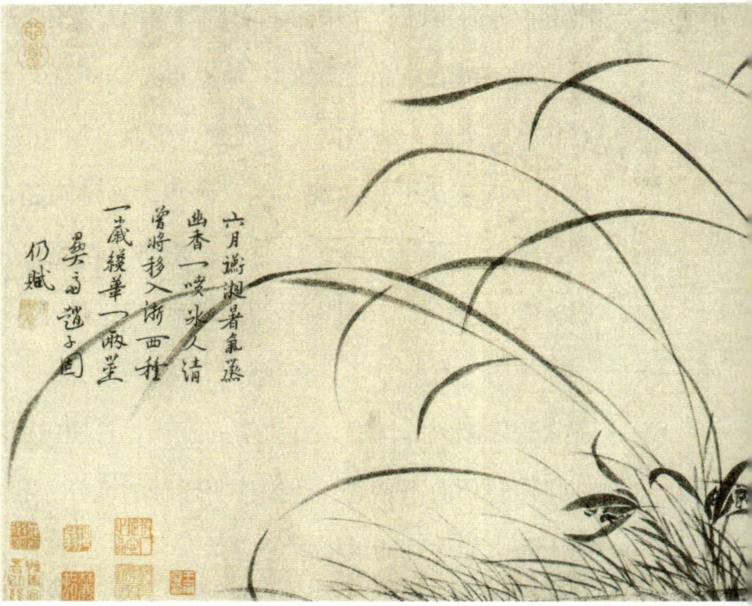

南宋　赵孟坚《墨兰图》

南宋　赵孟坚《墨兰》

國香誰信非凡草自是
茗溪一種春此日王孫在
何處烏號尚憶鼎湖臣
灌園翁

吐，种子能治目翳。蕙兰全草能治妇女病，春兰全草可治神经衰弱、蛔虫和痔疮等病，素心兰花瓣可以催生，蕙兰的素心花瓣阴干亦能催生。

因为多种兰花均有催生的功效，所以民间又称兰花为“催生花”。在产兰圣地四川的大山里，女人生产时若遇到难产，搬一盆“催生花”到跟前，在花香缥缈中，就会顺利分娩。女人与兰花，从来就有不解之缘。而生命降世之初，就在兰香缭绕中落地，这孩子一出生就具有兰花的风骨吧。

现代药理研究证实，兰花的芳香成分——芳香油，能使人心旷神怡，清除宿气，解郁消闷，提神醒脑，可治疗头晕目眩（梅尼埃综合征）；而建兰全草清热凉血，养阴润肺，在临床常用于肺结核咯血，调治久嗽干咳不止之症；兰花根有顺气和血、利湿、消肿等功效，可治疗泌尿系感染之症；兰叶滋阴，生津润燥，可用于治疗恶性肿瘤放疗后致口干烦渴后遗症……兰科入药，方剂不胜枚举。而中医和民间偏方里，更是有着无数不被我们熟知的深山兰花品种。

石豆兰，中药名石枣子，生长在云南、贵州、四川和湖南的大山深处，在岩石或树干上面附生。细论起来，石豆兰属是兰科最大的属，有上千个品种，仅在云贵高原被发现的就有八十多个品种。在亚热带湿润的风的吹拂下，每年夏天，石豆兰开出如豆的美丽花朵，高原特有的风情、独特的气质，赋予她祛风除湿、消肿止痛和凉血活血的功效。石豆兰是当地老中医的最爱，湖广之地湿气大，而石豆兰是风湿痹痛、风湿性关节炎的克星。身居高山大川，不时就会发生跌打损伤，几棵石豆兰，用石臼子捣成一团，外敷在伤口上，几天便可痊愈。

## 4

就是这么神奇，生命里有病痛，大自然中就有解药。草木繁盛中，隐藏着上苍赐给我们的药草。

庞大的兰家族中一个重要的分支——石斛属，就是大自然赐给人类的又一个礼物。

石斛，还有一个诗意的名字——仙斛兰韵。每一家像样的中药房里，一定珍存着几个压箱底的名贵中草药药柜，而金钗石斛、马鞭石斛、环草石斛、铁皮石斛等药柜就在其中。《神农本草经》说：“石斛，味甘。平。主伤中，除痹，下气。补五脏虐劳，羸瘦，阴强。久服厚肠胃，轻身。延年。一名林兰。”一千多年前的道家医学经典《道藏》更是将铁皮石斛列为“中华九大仙草”之首。而在明代，李时珍《本草纲目》又是这样记载的：“石斛除痹下气，补五脏虚劳羸瘦，强阴益精，久服，厚肠胃，补内绝不足，平胃气，长肌肉，逐皮肤邪热痱气，脚膝疼冷痹弱，定志除惊，轻身延年，益气除热，治男子腰膝软弱，健阳，逐皮肤风痹，骨中久冷，补肾益力，壮筋骨，暖水休，益智清气，治发热自汗，痈疽排脓内塞。”在这里，李时珍似乎也饶舌了，长长的一段话，全是溢美之词，石斛的药用价值就是如此说不完道不尽吧。《神农本草经》和

《本草纲目》都有“轻身延年”的介绍，石斛的滋补保健作用可见一斑。

道家医学经典《道藏》肯定了石斛的仙草气质，也肯定了石斛的不凡容颜。当你翻看那些石斛图片时，你会发现无论哪一种石斛，她的花朵都是只应天上有的。石斛不仅有着不同凡俗的容颜，还有着不同一般的担当：铁皮石斛是石斛中的极品，养阴生津，解郁的效果出类拔萃，受到历代医家和医学典籍的推崇；聚石斛润肺止咳平喘；马鞭石斛益于阴伤津亏、口干烦渴；黄橙石斛养胃阴，生津液，清虚热，止烦呕，强腰膝，坚筋骨；野生翅萼石斛生长于海拔约1000米的林中树干，主治四肢骨折、瘀血肿痛；金钗石斛滋阴补虚，被《神农本草经》列为上品……现代医学和中医药理研究表明，石斛在提高人体免疫能力、抗衰老、抑制肿瘤、补五脏虚劳等方面效果显著。于是，在民间，石斛素有“救命仙草”之称。

药食同源，石斛的保健和营养价值越来越被我们认识，因此石斛已不仅仅是入药了，还能入茶，入酒，入膳，甚至可以直接打汁制作饮品。2017年，女儿高考，临近六月时，虚火上升，身体素质下降，朋友将一家香港汤品介绍给我，为我女儿量身定制了石斛母鸡汤。下午订上，他们开始制作汤品，上灶小火慢炖，一炖就是十二个小时；翌日上午，起锅，倒入特制的陶罐，用特制的铝纸包装；下午五点前汤品送达，晚饭时上桌打开，温温的，正好喝。我还向店家学了一道清热石斛粥：将石斛略微清洗，加适量水煎煮成汁后，糙米淘洗干净，锅中放入石斛药汁与糙米一同煮至粥熟，这道粥一样具有养阴生津的功效。

这是我和石斛最初的缘分。后来查了资料，才知道石斛是兰科植物，怪不得石斛的花朵和兰的花朵的脱俗精美如出一辙。

不只是石斛，兰花全草除了入药，亦都可入茶，入酒，入膳。据载，“花可助茶，膏可代饮”，兰花的香气清冽、醇正，用来熏茶，最是雅。在江南，我曾经喝过一位兰友泡制的兰花茶。春兰花开时，将花瓣采下，晾晒至半干，用盐渍，然后装在瓶子里。泡茶时，取两朵放在茶杯内，冲上开水即可饮用。当兰花花瓣被水泡开时，它像初开时一样饱满鲜润，在蓝莹莹的龙泉瓷碗里浮动，如梦如幻，“浮生若梦”的感慨就是由此生发的吧。朋友告诉我，茶饮完，花瓣可以食用，一瓣兰花在舌尖上停驻片刻，口齿间隐约有几丝风，吹来山谷的清幽……

而在福建乡下，兰花点汤，是名吃。临点汤时，先以热水瀹过，花色回新，汤味鲜美。兰花作菜肴，又诞生了几道川菜中的名菜式，如“兰花肚丝”“兰花肉丝”等，清香扑鼻，缭绕席间，食之令人回味无穷，终生难忘。至于“兰花包子”，那就更加奢侈得不像样子了。

“六月衡湘暑气蒸，幽香一喷冰人清。”宋代赵孟坚《题墨兰图》的这句诗，如一味消暑良药，吟诵间就觉得凉风习习，暑气顿消。兰草之于夏天，真的是避暑圣药了。

兰花性柔，即使入药，也从来不是烈性的，她绵柔入骨，温润理脉。我无数次想象她入体后在经脉中游走的样子，一样的凌波微步，一样的兰叶飘拂吧，她前世深山修炼千年，一招一式都带着润物细无声的气韵，今世在你的经脉里婆娑。

一株兰草，带了君子风骨，下山入世，滋补你的身体，也滋养你的灵魂。

# 第二章

## 兰之入世

兰亭，位于浙地绍兴西南，东晋永和九年（353年）三月初的那一场雅集，让兰亭闪闪发光，穿越古今中外，成为闻名遐迩的文化地标。

兰亭，位于兰渚山下。兰渚山，因春秋时越王勾践曾在此种兰而得名。兰渚山，是兰之圣地。西汉时又把兰渚山下的驿亭命名为兰亭。渚山，兰家族的发祥地；兰亭，兰文化浩荡长河中的第一驿站。源远流长的兰文化，从兰渚山，从兰亭，开始了几千年的远行。

兰亭，也是兰花下山入世的第一驿站。

## 一、兰渚山记

兰渚山，又名兰亭山，1225年的《宝庆续会稽志》载："兰，《越绝书》曰：勾践种兰渚山。"

明万历年间的《绍兴府志》记载："兰渚山，有草焉，长叶白花，花有国馨，其名曰兰，勾践所树。"兰渚山种兰，是勾践一生中做的最浪漫的事。勾践种的兰花在历史中被栩栩如生地勾勒出来，一缕馨香从史书中袅袅升起，穿越两千五百年时光，带着古越国的传奇在江南水光山色中被传颂。明人南逢吉注王十朋《会稽风俗赋》说："兰亭，即兰渚也。"而明代大画家徐渭也在《兰谷歌》中说："勾践种兰必择地，只今兰渚乃其处。"《绍兴地志述略》记载："兰渚山，在城南二十七里，勾践树兰于此。"兰渚山的地理位置坐标已经非常确定。

1

在广袤奔腾的山峦中，会稽山是其中的一座闪闪发光的山脉，而兰渚山只是其中不起眼的小小的山包。兰渚山，原名渚山；渚，水中的一小片陆地；而渚山，就是水中的小山。兰渚山临古鉴湖，我最早知道鉴湖，是因为著名的鉴湖女侠秋瑾。鉴湖孕育了一代女侠，可以想象其宽阔和浩荡，绍兴人称"鉴湖八百里"。鉴湖原名镜湖，相传因黄帝铸镜于此而得名。鉴湖，也是文化起源处，如黄帝安放在会稽山脉的一面镜子。鉴湖还有长湖、庆湖、贺家湖、贺监湖等别名。鉴湖水质奇佳，驰名中外的绍兴老酒，即用此湖水酿造。湖面宽阔，水势浩渺，碧波映照，被连绵的会稽山层层叠叠环抱，一面上古的镜子，不只见证历史风云，阅尽江南春色，更是触摸到了兰花临水照镜纤细的腰身。可以想象，两千五百多年以前，就是这浩荡水波中的一座小小山包，一代君王勾践在此躬身山间，种兰，养志。后人也把渚山称为兰渚山，把兰渚山下的集市命名为花街，兰渚山下的驿亭也成了响当当的为古今书法家所

宋　佚名　《秋兰绽蕊图》

仰望的兰亭。

2500多年过去，大水褪去，鉴湖退到了山的那边，只有兰渚山上的兰花绵延繁茂，兰文化在古老的越国扎下深深的根须。

那是公元前492年，那年的越王勾践历尽劫难和羞辱，终于被吴王夫差释放回到越地，回到他的臣民和百姓中间。从此，开始了“十年生聚，十年教训”的卧薪尝胆。卧柴薪之上，尝苦胆之苦，饭桌上没有鱼肉，穿衣不加修饰，和夫人一起率领民众养蚕织布，一门心思发展经济。他将都城从山麓平阳迁到山阴，建立了以卧龙山为中心的山阴小城和山阴大城，使越国有了一个坚固的中心。山阴道也成为绍兴，成为越文化的一个符号。

就在紧张的励精图治中，勾践却在渚山建立兰花基地。一代君王日日对着一丛兰影沉思，仰望，长叹，忧思辗转。在绍兴，在会稽山脉的山阴道上，我的眼前常常飘忽显现他迎风而立、衣衫纷飞的身影，我相信越王勾践月下对着一丛兰草蹙眉沉思的景象印在兰渚山上，印在鉴湖的镜面上，印在他的臣子和百姓的心中。一晃经年，兰叶绰约多姿，叶色终年常青，花朵高洁幽香，一丛丛兰草是王者在囧途中的慰藉。

而我一直认为，兰草的性子是凉的，恬静邈远的气质，像流过石上的清泉，而花开时那一抹旷世清澈的幽静，一瞥是高傲，再一瞥就是无辜，无论是在乱世争斗的意气风发中，还是在世事安稳的繁华喧嚣中，那一瞥的惊艳都深深拨动英雄心中最柔软的那根弦。所以，无论越王勾践，还是吴王夫差，都无法自拔地爱上兰草。在越地，勾践种兰，一说是为了献给吴王夫差，一如将西施献给吴王夫差一样。勾践失国之后作为受降的君主在吴国三年，一边做马夫，一边揣度人生，揣度夫差，也揣度自己。他相信自己对夫差的揣度。这是王者对王者的揣度，也是男人对男人的揣度。他以一个男人的角度笃定夫差爱美女爱兰草。所以，我相信越王勾践也是喜欢西施的，正如他也喜欢兰草一样。英雄爱美人是千古定律。但越王勾践在吴国受辱三年时间，每日都会提醒自己“汝忘会稽之耻邪？”屈膝投降的耻辱、战败的耻辱，三年受辱是吴王夫差给予越王勾践的，也是越王勾践给予自己的惩罚。所以，他已没有喜欢西施的资格和心力。将西施献予吴王，无论怎样身怀使命，对越国，对勾践都是耻辱，都是头顶散不去的乌云。而兰草不同，我一直觉得，勾践种兰献予吴王，讨吴王欢心的背后，是一种警告。可惜，吴王夫差沉浸在胜利者的盲目的英雄意气中，又有美女相伴，意识不到这种警告。越王勾践在兰渚山种兰的那一刻，吴王夫差的危机已经种下，吴国的危机已经种下。勾践种兰，在内心里，也是给自己种一丛寄托、一丛流连、一丛蓬勃的希望、一丛坚韧不拔的意志。

作为女人的西施，活色生香，让夫差沉迷，消磨着王者意志；作为花草的兰，在夫差的眼前摇曳着，撩动了王者夫差的儿女情长，却没有让夫差看到一丛兰草在兰渚山上粗壮有力深深扎进泥土的根系。而躬耕兰渚山，种兰养志的勾践不但看到了，而且看到了一丛兰花扎在地下的根系团成龙的形象，那是蛰伏在地下的龙，勾践日日体会着并在内心里积蓄着兰根扎入地下的力量，等待着龙的腾飞。

## 2

种兰的勾践和种下的兰草一起修炼，修炼信念，修炼意志。

越国的王城山阴大城和山阴小城以卧龙山展开，越王殿就建在卧龙山上，龙的形象是越王和越国臣民深深推崇并根植于心中的。而卧在山间的龙、在地下蛰伏的龙，契合了勾践的复国雪耻之志。龙是越国的图腾，卧龙山是越国的龙兴之地。

卧龙山又简称龙山，以盘旋回绕、形若卧龙而得名。像一丛兰草将根扎向兰渚山一样，越国将根扎向卧龙山。越国王宫建在卧龙山，一千六百多年后，南宋赵构的临时皇宫也建在卧龙山。南宋以降，绍兴称府，府署长期设在卧龙山，俗称府山。山上至今能看见南宋的城墙斑驳的遗迹。当年越大夫文种葬于此，曾名种山。清朝时，康熙南巡，驻跸于此，易名兴龙山。占地22公顷，主峰海拔74.5米，山势自东北至西南呈圆弧状延伸，长约一公里，北坡陡峭，南坡平缓，山上林木郁葱，钟灵毓秀。蓊蓊郁郁的自然景色宜人，而卧龙山的王者气势，更是逼人。

占据了风水宝地的越国，占尽了天时地利人和的越王勾践，养兰，也铸剑，据《吴越春秋》和《越绝书》记载，越王勾践曾特请龙泉宝剑铸剑师欧冶子铸造了五把名贵的宝剑。其剑名分别为湛庐、纯钧、胜邪、鱼肠、巨阙，都是削铁如泥的稀世宝剑。而每一把宝剑在手，锋利的光芒闪过之后，一把剑呈现了一尾兰叶的形态，轻盈，细长，飘逸。一把剑，一尾兰叶，一抹锋芒，闪过凛然的君子风骨，这是受辱三年并一直伏低做小的越王勾践内心需要并认同的自己，也是勾践追求的自己——他是王，他是顶天立地的英雄，他是站立在越国大地上的君子。

一边种兰一边铸剑，一文一武，一边是精神历练一边是军事历练，离东山再起，离地下的龙的腾飞越来越近了。兰草开花了，小小的鬼灵精怪的花朵多么像复国的星火。

当然，越王勾践不只种兰铸剑，据《越绝书》载：

“麻林山，一名多山。句践欲伐吴，种麻以为弓弦，使齐人守之，越谓齐人‘多’，故曰麻林多，以防吴。以山下田封功臣，去县一十二里。”

“鸡山、琢山者，句践以蓄鸡琢，将伐吴，以食士也。鸡山在锡山南，去县五十里。琢山在民山西，去县六十三里。”

“练塘者，句践时采锡山为炭，称‘炭聚’，载从炭渎至练塘，各因事名之。去县五十里。”

“射浦者，句践教习兵处也。”

“石塘者，越所害军船也。塘广六十五步，长三百五十三步。去县四十里。防坞者，越所以遏吴军也。去县四十里。”

“朱馀者，越盐宫也。越人谓盐曰‘馀’，去县三十五里。”

另外，《绍兴地志述略》载有：

“樱山，在城东五十里，旧名秽山。越王句践种菜于此。”

元　赵雍　《著色兰竹图》

“赖山，在城东六里，以近城，句践樵采赖之。今俗呼外山。”

“锡山，在城东五十里，越王采锡于此。”

“南池，在会稽山，池有上下二所，范蠡养鱼于此。坡塘即其上池。”

……

勾践，应写作“句践”。古时并无“勾”字，用“句”字通之。《越绝书》里即是如此。“句”也符合历尽屈辱的一代王者滴水不漏的作风。勾践的滴水不漏，使他更像一个勤俭过日子的农夫，种麻，养鸡，采炭，储盐，种菜，打柴……臣子范蠡也有样学样地养鱼，一切都是为了国力发展。在最艰难落魄的时候，勾践在兰渚山这个小小的山包找到了寄托，也在兰渚山扎下了根基。兰渚山上兰香缕缕，远眺，各个基地依次建立，为越国一举消灭吴国、春秋称霸奠定了经济基础。

而此时的吴王夫差，以为天下从此就是他的，只能是他的。他做着春秋大梦，“日闻幽兰之香，夜卧西施之床”，不惜人力财力大规模建造宫苑取乐，“台榭陂池必成，六畜好玩必从”，仅姑苏城内就有宫苑30余处，并广求奇花异草、珍禽异兽，玩之乐之。

## 3

勾践种兰草的兰渚山，是种给吴王夫差的迷魂阵，亦真亦假。夫差爱兰，爱的是兰草的幽香和花开，是娱乐兰草；勾践爱兰，爱的是兰草如伏龙一样的根须，爱的是百折不挠的君子之志。勾践以兰草自励，励自己的复国之志，励自己的剑胆琴心。兰草首先是一棵草，历尽艰难的勾践就是将自己比拟为一棵草。一个被战争失败蹂躏过的王，深刻地理解了生命如草芥，高高在上，更易被风摧之，而隐入兰渚山中，混迹草丛，在泥土中壮大自己的根系，是勾践顿悟的兰草；吴王夫差爱的却是兰花，散发幽香的兰花，夫差只看到了托着美丽的花朵的兰，他以志得意满者的轻薄认知，消磨着自己的王者意志，西施软香在怀，奢靡中的夫差看不到兰草作为君子的临风玉立，看不到兰草的君子气节。夫差最终为自己的自大和轻浮付出了灭国的代价。

公元前482年，越王勾践起兵伐吴。公元前473年，吴国灭亡。平姑苏，入琅琊，越王勾践一路强势扫荡，连年征战诸侯，是卧龙山的越王台给了他争霸的雄心，是兰渚山种下的兰草支撑着他的剑胆豪气。越王勾践在征战中拥有了更广阔的江山，他遥望良田万顷、湖泊千里，大越子民，同仇敌忾，而兰渚山的兰草葳蕤，兰叶轻拂，粗壮的根系像翻飞的龙，一路追随着勾践的脚步，蔓延了整个会稽山脉，并沿着四明山、天姥山，沿着越文化巨大的根系，向更广阔的山川深处游走。

## 4

兰文化，作为我们传统民族文化的一个分支，它的起源或许更早。1976年，考古学家在浙江余姚河姆渡发现了一种古老的原始文化——河姆渡文化。在河姆渡文化遗址出土的众多陶器中有一件器皿，上面刻绘一种五片叶的植物，叶间有花蕾含苞待放，根部又刻绘一个长方形的图案。考古学家发现，器皿上所刻绘的那株植物似箬兰，箬兰即浙江产的落叶兰。那个图案细细看来是栽培兰花的器具。再细细端详下来，整个器皿酷似一幅兰花盆景。这是最早的兰花盆景图，这也是对兰花的人文属性最早的确认。那时无简牍纸张，文字与图案只能镌刻在陶器上，陶器特别容易损坏，这些兰花图案能够在几千年漫长的时光中不被损坏而得以留存下来，足以推测河姆渡人种植兰花已蔚然成风。这些珍贵的文物，也是该地域兰花种植历史悠久的佐证。

在古代，余姚属绍兴府管辖，是古越国的腹地。地处钱塘江入海口、杭州湾南岸的余姚，依山绾水傍海，辖区内的四明山万壑叠嶂。四明山的水流汇成姚江，穿过余姚市，西段名蕙水，东段名兰江，皆因当地的兰蕙而得名。余姚人文荟萃，气清水和，具有典型的江南水乡的温润气候，盛产兰花，是江南著名的水乡、兰乡。虞舜、大禹都到过这里，余姚的“姚”就是因舜帝姓姚而得名。因为大禹的后人无余封在此，作为其属地，故名余姚。而四明山脉，和兰渚山所在的会稽山脉相邻相依相连，无论是四明山还是兰渚山，兰文化一脉相承。据此看，勾践种兰于兰渚山，不是偶然，而是源远流长的兰文化在勾践这儿，得到认同，得到推崇，并得以发展。而兰渚山，不是兰文化的开始，而是兰文化传承中的一个标识地。

河姆渡文化是中国古老文化之一，在历史上从距今七千年左右一直绵延到距今五千年前。河姆渡文化遗址属新石器时代，出土的刻有花卉盆景装饰图案的用具说明，远古人类在漫长的进化岁月里一边识别植物，一边发现了喜欢的花卉，观察，栽培，欣赏，自己的鉴赏能力也在慢慢提高。人类的审美观念就是这样随着生产力的发展在不断地进步，提升。

另据东晋王嘉编撰的《拾遗记》载，“上古时须弥山第九层有仙人种兰”。虽然是传说，但传说也是一种指向，指向文化的源头。传说像文化的泱泱大河还未成形时散落在源头的水泊，蕴含了人类的理想和向往。记得一位植物学家说：“花卉是人类文明的摇篮。”远古时，人类采植物的种子果腹，因而留意到花朵的美丽，从眼巴巴期盼着植物开花凋谢结出果实，到惊艳于花开，慢慢开始欣赏花朵之美，在花朵的开放凋谢中慢慢感应到自己的七情六欲。人类社会活动的过程推动了人类文明的提升，中华兰文化亦起源于斯。

兰文化在时光里发酵。兰渚山更像一坛绍兴女儿红酒，窖进江南，窖进中华大地的传统文化，兰花醇厚的香气，发酵了几千年，氤氲了华夏。

## 二、桨声水影说兰花

### 1

桨声水影，兰草摇曳，这是我印象中的江南。

兰花入世，循着河流，循着水声，在江南的市井中定居，在人间烟火中修炼。

当兰叶柔长拂开时空的缝隙，我看见灰瓦白墙之间，水乡静谧，一叶扁舟贴着水面滑行，不紧不缓，不疾不徐，和着兰叶轻摇的节拍，穿过街巷，穿过我想象的江南，熟悉而陌生，梦幻而真实。舟身扁而长，头尾微微翘起，正好临摹了一片兰叶的姿态，弧度似有似无，张弛有度。时光缓慢得刚刚好，兰草摇曳的幅度刚刚好，水面荡开的涟漪刚刚好——临摹了另一片兰叶，正好契合了那一片兰叶的宽度，舒适度刚刚好，万物有灵，一切都是刚刚好：没有大开大合，兰花开得刚刚好；没有大张旗鼓的渲染，江南婉约雅致如一幅国画，清远悠然刚刚好。但一切却又指向无限的可能：扁舟可以横斜，水波可以荡漾，兰叶可以静立成为小篆，成为魏碑；扁舟亦可以飘飞，水波亦可以澎湃，兰叶亦可以狂舞成为行书历历，成为狂草恣肆，成为千古绝唱兰亭序。

似乎整个江南，都是兰草用叶片的手指拂出来的。

兰草于江南，就是这样，无处不在，却消弭于无形，而在你偶然的一瞥中，又亭亭玉立在时光中。在西溪湿地，我在遮天蔽日的森森树木中寻找，没有兰叶的影子，却在老船夫的桨楫中看到兰影飘忽；在绍兴，在白墙绿水中没有看到一盆兰花，却在鲁迅故园的夜色里，看见投影灯在白色的影壁上投出一幅幅摇曳多姿的兰草图；在江浙的园林间流连，小桥流水，假山亭榭，一路寻兰不见，却在不经意的回眸中，一盆兰草在厅堂一角安然而立，不张扬，不婆娑，叶片疏离，却也是疏离得恰到好处，恰到好处地点缀空间，提着整座园林在视野里瞬间飞升。

安静，安然，不会站在舞台中央，不抢占你的视野空间，却让你的目光瞬间凝聚，仿佛时光静止，只有兰影曼妙，在你的心里停驻，如淡然而立的翩翩君子，布衣长衫，折扇轻摇间，转身而去。

这也是江南的样子。淡妆浓抹总相宜的江南，不媚不俗，却优雅至极；软声软语，却奔放恣肆。江南，如一匹绵柔的丝绸，又如一张纯净的宣纸，可水墨清涂，亦可浓墨重染，一挥而就，跃然其上，一幅你心中欲临风而动的兰花图。

2

依水而居，浅浅的台阶，出门就是咿呀桨声，我喜欢江南的慢生活。水在这里是平的，明镜一样，感觉不到流淌，连哗哗的活泼的泉音都没有。人的性子也是，柔软和润，如果不是白墙青瓦，泾渭分明，估计背景也润成一片雾蒙蒙了。

偶尔有风吹过，也只是吹皱了镜子一样的水面，涟漪细小，水面荡漾，如风吹兰花，恰好散开一缕空谷幽香。

山影清明，没有北方大山的苍茫，一切都是柔和的，时光亦是。柔下来的时光机，才有工夫研磨一个叫“精致”的词，有工夫研磨一棵兰草的形，她的骨，她的魄，她张开的花瓣、精巧的花舌，她的幽香，她的精神。一株兰草从江南的庭院深深中隐现，腰肢细瘦，优雅旖旎，有风无风，江南的情致都出来了。江南也就醉了。时光也就醉了。绍兴的醉时光中，我走进“寻宝记”，叫梁山伯或者祝英台的服务员小妹，弯腰，颔首，眼睛一弯，一个请的姿势，长长的水袖如兰叶悠长，缓缓撩起，衣袂拂动，半遮半掩间，撩起时光的幕帘，我就到了越地。丝竹声婉约，弹拨着小轩窗的木格窗栅，窗下一个小巧的陶罐里，几片兰叶默然而立，似乎她默立很久了，默立了几千年的时光，似乎还要继续默立几千年。我知道，她是越兰。陶罐的外面，又一株兰草默立，陶质的底色，清淡的笔法，线条灵动，一只碟随着她的线条飞舞，也是线条灵动，飞舞了几千年了吧，似乎还要再飞舞几千年，她也是越兰。

“寻宝记”是一家专营绍兴菜的老馆子。墙上的小木牌子依次排开琳琅满目的菜谱，每个牌子顶端描着两片兰叶，若有若无的兰的香气氤氲，似乎每一道菜都是兰叶指点过的，都是兰香浸润过的。我读着墙上兰香缥缈的菜谱，一整排的醉系列：花雕醉龙虾、花雕醉黄鱼、花雕醉香螺、花雕醉鸡……好像什么都能醉，什么都是醉的，似乎时光也可以一直这么醉下去。当然，醉也是有不同的：绍兴醉双鲜、绍兴醉蟹、黄酒醉红枣……不醉也行吧，就来些酒酿糍粑、酒酿酸奶、酒酿相思果、酒酿圆子羹、酒酿蜜桃饮、桂花酒酿牛乳……还有黄酒布丁、黄酒酸奶……读着菜名，就醉了，耳边响起某个电视综艺节目里对绍兴菜的解说词——黄酒醉万物。万物醉去，因为黄酒，更是因为兰香。

醉江南，老绍兴。在江南，在绍兴，酒是必需的。一坛女儿红，更是醉了江南的时光。江南人家，生了女儿，都会酿一坛酒埋藏在桂花树下，任她在岁月里发酵，直到女儿长大出嫁时，才将酒坛从桂树下，从时光里，挖出来。十几年漫长的发酵，几千个日日夜夜，江南湿润清和的气质、父母悠长的爱都深蕴其中。这坛酒启开，已是醇香扑鼻了，这坛酒就是女儿红了。后来，有人生下了儿子，也依照着这样的方式酿酒、埋酒，盼儿子中状元，骑红马，披红挂彩去赴琼林宴，所以，那酒又叫“状元红”。一坛陈年的女儿红，醉了桂花树，醉了嫁女的老父亲，扑面而来的酒香里，又有着淡淡的伤感。而一坛状元红，酿就的却是热烈、喜庆，欢欢喜喜，恣意飞扬。当一坛绍兴黄酒，在时光里沉淀成女儿红，女儿心事，在酒香中沉浮。嫁女的老父亲，舍不得养了十几年的女儿，伤感之余，像挑剔配不上自家女儿的那个男子一样，开始挑剔配不上女儿红的粗糙酒坛。苦于器皿不够精细，慈爱的老父亲，就请人烧制雕有花草、鱼鸟的精美瓦罐，来配窖了十几年的女儿红。雕有飘逸清雅的兰花图案的瓦罐最得老父亲们喜爱，盛在这样精美的器皿中的黄酒，就被尊称为花雕了。当蕙质兰心的女子，出嫁的嫁妆里有一坛坛面上雕有灵动葳蕤的兰草的花雕，送亲的迎亲的队伍，一路沐浴在浮动的兰香里，这一定是一位出身于书香门第，一生都泰然自得的新嫁娘吧。

“红酥手，黄縢酒，满城春色宫墙柳。”沈园里陆游衣袂飘飘，把酒在手，吟哦着他的《钗头凤》，遥想当年唐琬也是这样带着她的女儿红来到他的身边吧。“香来知有兰，遽求乃弗获。生世本幽谷，岂愿为世娱。无心托阶庭，当门任君锄。”“上马击狂夫，下马草军书”，“铁马冰河入梦来”的陆游，在这一刻，细腻哀婉，用这首抒发寻兰不得的《兰》中的兰草来喻他心中寻而不得的如兰一样的女子唐琬。

3

酒香氤氲只是铺垫，等酒把人的内心润开，唱小戏的江南女子拂出长袖，腔子里的一句悠长婉约如随风而动的丝绸一样裂帛而出，如兰花展开了她柔长的叶片，恣肆随性地唱念做打。

这就是越地了。

轻柔绵长的调子，韵味十足的唱腔，台上的女子扮了男装，迈着阔步，一步三捻，腰肢还是兰草摇曳一样的柔软，声音还是兰花初开的柔嫩，情节还是兰香氤氲般缠绵悱恻，一曲唱罢，戏台下面的水面都微微动容了。这情景有些像大师鲁迅笔下描写的社戏，但一定不是，眼前的戏台没有那么悠远，唱腔也更加委婉绵柔，更加深情款款，江南的味道足足的，韵律足足的，手中一把折扇打开，白底的扇面上，兰草兮动，一只蝴蝶翩然起舞，顺着兰叶摇动的方向，长长的水袖横斜而出“梁兄啊——”

这就是越剧了。

乌篷船愈去愈远，仿佛一片兰叶轻轻拂了我一下，桨声停息，内心瞬间一片澄明，澄明而柔软。江南兰蕙幽香远，临街听闻叫卖声。江南历来有春来买兰的传统。初春时节，山农挑着会稽山里采来的兰蕙，沿街叫卖。江南女子喜欢买上几支兰花戴在发上，佩上衣襟。曾经绍兴的惠兰桥、望花桥，桥边临水满目都是兰花店、兰花摊。酒肆、茶坊、戏院、商铺的主人都会买上几株兰花养在店堂中，春天就这样到来。想起叶圣陶先生的诗“互忆往时坊巷里，绍兴音唤买兰花”。

时光慢，兰草幽幽，融入江南的日常，一缕幽香醉了多少个春天。

江南小巷，隐约有兰草盈动，通向亭台楼榭，通向高高的越王台——古越国的中心。范蠡当年所筑山阴小城的核心，是曾经的越王勾践的王宫。在卧龙山上，盘旋回绕的地势往上，古树砸下浓重的阴凉，回眸处，越王勾践的剑锋消逝在风云际变中，只有灵气隐隐，笼罩着越王兰苑的旧址。僻静的一隅，水波荡漾，一角飞檐逐水而出，青灰瓦片裹着青苔，那是绍兴市兰花协会的驻地。古色古香的门楣，宣纸的底色上三个手书大字——香祖轩，细瘦，飘逸，似乎穿越了厚重和沧桑，端坐在水波之上，呼应大门两边的对联“莲出绿波有君子德，兰生幽谷为众人香”。字迹是墨蓝色的，起笔落笔皆有章法，如同从如烟的史书中凌波而出，似乎跌宕的历史皆是过眼云烟，只有这诗句、这块“香祖轩”的牌匾是清晰而真实的。

回廊曲折，一个高高的戏台矗立，背景绘了一幅兰花图，两丛兰草，叶片飘拂，花朵点点，时光还在泛黄的宣纸上发酵。咿呀的唱腔，应和着铿锵的鼓点，天下逐鹿，英雄争霸，佳人如期，都如一幕幕戏剧，踏着鼓点来，又踏着鼓点隐去，只有兰草恣肆，时光依然。循着光影看去，戏台背倚的龙山，卧在一片浓郁的绿意中。

明　文徵明　《竹兰石》

穿越2500年时光，我和兰草在这里相遇。

心中豁然开朗，龙卧江南，兰文化协会的香祖轩，是点睛之笔啊！

而兰花戏台，寓意何其深远！

古越国的宫廷楼台已去，越地已是兰家族的聚集地，水光山色，一团氤氲。兰和如兰的才子、佳人于市井之间，一起成长，捧出雅致的词语和幽香袭人的美酒。

几千年的时光酿就了江南的兰文化。一株兰草穿透了几千年的时光，亭亭玉立在桨声灯影中。

## 三、市井幽兰

走下大山，走向市井，走进爱兰人的心里。兰花，集万千宠爱，于凡尘俗世中，捧出精灵一样的花朵。

生物进化论大师达尔文说："在我生命中，世上再也没有任何事物像兰花这般让我如此钟情！"正因为对兰花的钟情，世人的眼睛长久地在她的叶片和花朵间缱绻，一代代养兰人潜心研究、精心培育，一代代爱兰人不断寻找和发现，使名品兰花不断现世，兰家族不断壮大。

从植物学研究的角度，兰花属于单子叶植物纲，天门冬目，兰科植物。而兰科是单子叶植物中最大的科，据不完全统计，全世界约有七百属近两万种，其中约有两千种以上可供栽培观赏。这些数字还将不断增长，每年都会有新的兰花品种受到瞩目，被不断发现和培育。按生态习性，庞大的兰家族有地生兰、气生兰、附生兰三大派系。地生兰顾名思义是从土壤中长出的兰花，大多出自中国，在祖国的大地上长大，又称中国兰，也就是备受兰人推崇的国兰。国兰又有春兰、蕙兰、建兰、寒兰、墨兰五大类，衍生出上千种园艺品种，被列为我国十大名花之首。而在园艺种植中，为了和国兰区分，养兰人把兰花分为国兰、洋兰两大类。洋兰大多都是气生兰、附生兰，即攀附于树上或石上，以气根从空气中获取水分和养分的兰花，如蝴蝶兰、石斛兰、卡特兰、文心兰和石豆兰等。洋兰大多热烈、奔放、张扬，花朵硕大，艳丽夺目；而国兰低调、内敛、含蓄，大多叶态优雅，花朵娇小素净，香气清幽，素雅的美直达人的内心。

上千种国兰园艺品种，经过世世代代养兰人的精心培育，到今天，兰文化的长河中，有灿若星河的名品兰花存世。每一品，都是一个传奇。每一品，都有独特的魅力。

1

我常常凝视那些有缘一见的名品兰花，沉浸在如梦境一样的花开里。她们每一株都有自己的身世、自己的血统、自己的家族，每一株都有出处，即便是杂交后血统已经不那么纯正的“科技草”，往前追溯几代，都能听见空谷的风声。似乎再仔细一点，就能寻回她的下山路，找到带她们下山的采兰人。每当进了兰苑，看着满苑兰花，我都会想，多少采兰人、爱兰人、养兰人的爱，多少山峦，多少风声，多少次辗转，多少次凝视，多么悠长的岁月流逝，才有了这一苑兰花！我想象着采兰人和一株兰相逢的那一刻，想象着爱兰人和一株兰遇见的那一刻，兰的花形叶韵、气质风骨打动他们的那个瞬间，爱兰人灵光显现，赋予兰一个诗意的名字。这个名字从此就是兰的闺名、兰的标签。如同再生，当兰拥有了一个属于自己的名字，就意味着新的开始。从此，兰有名有姓有身份，在人世游走。她们的名字，带着悠长的余韵，承载着发现她们并塑造了她们的爱兰人在品鉴之余、洞悉之后深深的爱意。

赵银泉，是江浙兰界颇负盛名的兰艺大师，也是土生土长的兰渚山下的漓渚镇棠一村人。上溯五代，赵家祖上都是采兰人。赵银泉从小跟着祖父上山采兰，足迹遍及会稽山脉、四明山脉、天姥山脉，甚至沿着富春江一路到达富春山脉、舟山群岛。踏着山水，沐浴兰香长大的赵银泉，从采兰到养兰，一生都与兰花结下了不解之缘。几十年的艺兰生涯，赵银泉的银泉兰苑已有三百多个兰花品种，其中珍稀名品繁多，如盖圆荷、华鼎梅、泉绿梅、盖圆蝶、泉绿蝶、元泉梅、明月素等，每一品每一株都是兰友梦寐以求的，每一品每一株都是心血的结晶。宁波、余姚、杭州等地的本省兰友来了，广东、福建、四川、云南、台湾等全国各地的兰友来了，甚至连日本的海外兰友都慕名而来，为求一苗而不惜天价。但赵银泉的血脉里流淌着老一辈采兰人、艺兰人的养兰传统，真正的爱兰人是有自己的坚守的，清醒、坚定地守护兰花种质资源，这也是自祖辈承袭而来的养兰人的操守。

“盖圆荷

瓣型：荷瓣。1988年绍兴棠棣赵银泉在上虞驿莛山上掘得。特征：外三瓣短阔，收根放角，蚌壳捧，大圆舌，中宫圆正。花色翠绿，瓣上绿脉清楚。叶阔质厚，斜立。”

“盖一荷

瓣型：荷瓣。1989年绍兴棠棣赵银泉在镇海林山岛发现，后由绍兴李志亭培育。特征：外三瓣短圆，收根放角，短圆捧心，大圆舌。色深绿，叶幅宽，半文，易繁殖，健花。”

“翠文素春兰

1989年浙江绍兴漓渚镇三社村赵银泉在余姚四明山麓掘得后培育。叶长20cm，花形端正，平肩，外三瓣长阔，收根放角，软捧大卷舌，净素。葶高，幽香。叶半垂。”

……

在搜索引擎的指引下，我翻看着赵银泉的兰品，每一品都有自己的故事，自己的传奇，都寄托着一个养兰人的爱。

每一品都有独属于她的花形、她的灵动。

这就是艺兰的魅力。

每一株，每一品，都是天地的馈赠、上苍的赐予、缘分的天成。

从此，她们随缘来，随缘去。在市井，在兰苑，在庭院，抑或在养兰人的阳台上，静待花开。

在微信名为“第一香笔记”的公众号上，我读到艺兰大师万云坤关于名品春兰“大富贵”富有传奇色彩的详尽完整的记述：

花艺：春兰荷瓣

产地：浙江慈溪长龙山

历史：宣统元年，上海花窖出，三瓣长八分阔，七分收根，极细紧边，质厚如钱，短圆捧心，大刘海舌红如元宝，式肩平，秆长，色净绿，倪敬之购归杭州赠九峰阁。据浙江赵令妹《中国养兰集成》记载：《兰蕙小史》记载的“上海花窖”是指上海东浦花店，花店的老板是宁波慈溪人，名叫潘永生。倪敬之是著名的艺兰前辈。“大富贵”是清宣统元年（1909）春，宁波慈溪兰农包元春在慈溪长龙山中寻得，卖给同乡上海东浦花店老板潘永生。潘永生后来卖给杭州倪敬之。倪敬之再赠给杭州九峰阁吴恩元。吴恩元以此花美丽庄重、富丽堂皇的形态命名为“大富贵”。

特征：株型紧凑，叶姿环垂，叶片扭曲伴以甩尾。叶片5～9枚，叶质厚糯，叶色深绿富有光泽。叶面呈浅“V”字形，有行龙，缘齿细。脚叶和底叶叶尾起兜或承露，鼻龙开阔，叶尖钝。叶长25～30厘米，宽1～1.5厘米；花艺，外三瓣宽大，副瓣长3.5厘米，宽1.6厘米，主瓣宽1.8厘米。细收根放角佳，拱抱绽放。主瓣微盖状，花守直径在3.5～4厘米。肩平或微落。瓣质厚糯。短圆捧心长2厘米，宽1.2厘米，合抱蕊柱。大圆舌开久反卷。花色深绿，偶见瓣子中间有隐隐约约的红线分布。新芽紫红色，短圆如桃。

花苞：苞衣壳暗绿色沉，但不失青紫绿红相间。筋纹稀疏通顶，沙晕好，彩佳，脱壳佳。

花莛：花莛开足有10厘米左右，粗0.5～0.7厘米。小箨衣几色相混暗沉依旧，但紫红显浓。质地厚糯，筋纹粗稀疏通顶。

鉴赏：花瓣颜色深绿久开显碧，外三瓣细收根放角佳，瓣端起兜有急收尖感。花守整体给人以厚重感，可能是因初开大圆舌肥硕之故，使之捧心被撑开显露鼻梁。外三瓣拱抱度佳，开久形体不变，大圆舌下宕反卷。关于舌端的微观鉴别鉴赏，实与古谱记载不尽相同，《兰蕙小史》记载是大刘海舌，不管该花初开舌头如满月或久开反卷，经矫正鉴赏依然是状如月亮边缘的完美圆弧。故称之为大圆舌较为准确。舌面有“U”或“两竖”或散斑出现。整体感端庄富丽。幽香，春兰荷瓣经典种。

这么详细，这么具体，颜色、花型、花舌，甚至叶片的数目、花瓣的尺寸、花莛的粗细，都有着详尽记载。比一帧相片更立体，比一幅素描更细腻，将一品兰花从历史的烟尘中栩栩如生地勾勒出来。

## 2

一百多年的时光投射过来，名品兰花“大富贵”呈现给我们的依然是浙江慈溪长龙山的那一缕香魂。我想循着花影，找寻那些凝视过她们的目光；我想追寻着她的脚步，一点一点探寻她一百年的辗转，她的初遇、她的流连、她在世间每一次花开的起承转合。我想从“大富贵”这个闺名开始，追溯到曾经的杭州九峰阁，在人间天堂杭州的雨巷里，跟着艺兰大师倪敬之的脚步感受江南的细雨，感受细雨中的宣统元年。宣统元年的上海一定如一张泛黄的相片吧，我要在泛黄的相片中找到东浦的花店，和老板潘永生一起感受一株下山草最初的野气、最初的懵懂。那时她还不叫“大富贵”，只是一株沾着山间滴露的下山兰。果真姓潘的兰老板好多啊，不知道宣统元年的这位潘老板和儒忝的潘家有没有亲缘……有点扯远了，我要一路循着野气，去宁波，到慈溪，跟着采兰人包元春的上山路，找到长龙山的那道山谷，那是她的故乡。故乡的斜坡，她的襁褓，一定还留有一缕她最初的幽香……

每一个兰花名品都是有身世的，年代越久远，她的身世就愈加曲折、扑朔迷离。年代越久远，她的底蕴就更加深厚。灿如星河的兰花名品就这样经历了时光的研磨，一代代传承并留存下来。

我接着又读到万老师对名品兰花“郑同荷”同样详尽完整的记述：

明　文徵明　《兰竹图》

花艺：春兰荷瓣

产地：浙江兰溪

历史：原先名“意园团莲”。清光绪二十八年（1902）春，由浙江兰溪兰农庄春龙在兰溪山中寻得，后卖给郑同梅，“郑”以自己的姓氏和瓣型命名为“郑同荷”。据吴恩元的《兰蕙小史》记载：“双林郑同梅植，形式与‘大富贵’仿佛，惟有时开落肩。成云即是‘大富贵’，因种法有好歹，致开品亦有高下耳。姑并存之，以质高明。”这里的“双林”，是指浙江湖州双林，郑同梅是湖州双林的富户，他是一个读书人，也是湖州双林的养兰大户，为杭嘉湖一带远近闻名。“郑同荷”与“大富贵”特征虽有相似之处，但得主各有其人，产地也不相同，如能仔细地加以观察，这两种兰花的特征有许多不同之处。吴恩元的《兰蕙小史》也将“郑同荷”与“大富贵”分两处记录，故应将其分开，不能合二为一。

特征：株型紧凑，叶姿半垂、扭曲。叶片4~6枚，叶质厚糯，叶色翠绿富有光泽。叶面呈浅“V”字形，有行龙，缘齿细。叶尾起兜，甩尾，鼻龙开阔，叶尖钝。叶长30~33厘米，宽1.2~1.5厘米；花，外三瓣宽大，收根放角，拱抱绽放。瓣质厚糯。短圆捧心合抱蕊柱，初开捧瓣边缘交搭，半月或月余使之中宫圆满。大刘海舌开久反卷。花色净绿偶见瓣子中间红线。花色初开碧绿，开久后有泛黄显现；新芽紫红色，短圆；该种易感炭疽病，容易焦尖。不易大肥勤管。

花苞：水银红壳鲜丽，布紫色筋纹稀疏通顶，沙晕好，彩佳，脱壳佳。小箨衣绿紫相混，质薄如玻璃状有透明感，筋纹粗稀疏通顶。

花莛：花莛开足有10厘米左右，粗0.4厘米，少见叶上花开品。

鉴赏：花瓣碧绿或翠绿色，外三瓣收根放角急收尖，细收根，厚重开品形守不变，铺舌下宕反卷。舌面“U”或“两竖”偶有散斑出现，形紫红色块粗而艳丽，绿白红三色对比度佳，整体感呈大富大贵。由于拱抱度较佳，故肩平，瓣长3厘米，宽1.8厘米，主瓣微盖状，花守直径在3.5～5厘米。幽香，春兰荷瓣代表。

“大富贵”和“郑同荷”，同是兰界鼎鼎大名的名品，同是春兰荷瓣，同是出自浙江宁波慈溪，都有一百余年的历史，经历、形貌、体态太过相近，就像一对孪生姐妹。从瓣、肩、捧、舌、点、苔、鼻、壳、箨、莛、芽、叶到香、色、姿、形，直到神韵，一路细细相较下来，又有着太多的细微处的不同。我一点一点比较两品兰的形态特征，深深迷恋于那小小的花朵，去网上找了很多“大富贵”和“郑同荷”的图片，细细端详，徜徉于花朵绽放的奇妙中。万老师对这两品兰花的花开也有详细的记载：“春兰‘大富贵’于

2020年1月26日绽放，此时正是庚子年大年初二，平添富贵吉祥之意……‘大富贵’绽放月余依然保持着紧致的开品。”“春兰‘郑同荷’于2020年1月29日，庚子年大年初五绽放……老头草这次绽放的花朵中有一个舌面上的红斑块出现了笑脸状，很是喜人，难得一见。这比双杠或‘U’字形、‘L’字形等都要漂亮得多。”透过文字，我感受到一股祥和之气迎面而来，文字后面还附上了这两品兰开花的图片，我长久地凝视着这安静的盛开，没有艳丽招摇的颜色，也没有绚烂妩媚的花朵，但就是觉得富丽堂皇、雍容华贵，而那份灵动和超脱更是让我深陷其中，隔着屏幕，我甚至能闻到那缥缈了一百年的幽香。

3

翻阅资料，我在《新编江浙兰蕙》（莫磊、金振创、郑黎明编著，福建科学技术出版社，2005年10月版）中看到一段记载：

“郑同荷（大富贵）

清宣统元年（1909年）出上海花窖。双林郑同梅取名“郑同荷”，余姚王叔平取名“大富贵”，实属同花异名。……荷瓣花典型名品。”

这里的记载和万老师的记述颇有不同，这里说“大富贵”和“郑同荷”是同花异名，而且给“大富贵”取名的是余姚王叔平。我不禁迷惑了，好奇心顿起，继续找资料进行查证，原来“郑同荷”和“大富贵”在江浙一带还有一个家喻户晓的故事。

相传在浙江湖州双林古镇，有位满腹经纶的读书人名叫郑同梅，看淡仕途，不求功名。虽然祖上留下的田产家底丰厚，郑先生却生活节俭，唯读书和莳养兰蕙是心中所爱。郑先生有个邻居，姓王，夫妻二人染病去世，留下个十几岁的孩子成了孤儿。郑先生和妻子心善，收留了这个孩子。孩子聪颖，喜欢读书，郑先生便悉心教导，让孩子参加科考，谋一个前程。孩子17岁中了秀才，勤读三年，赴京去科考。一个有月亮的夜里，郑先生挂念赴京赶考的孩子，辗转反侧，梦见孩子已去世了多年的父亲来到床前恭手拜谢，并说，我无以为报，知道先生爱兰，今日特来禀报先生，请注意这几天街上有个跛足的卖兰人，他有兰花极品。

第二天早晨醒来，梦中情景历历在目，但郑先生并不在意，照常去兰友家里赏兰。他路过一条巷子，一个满面胡茬儿的老人挑着兰花担一瘸一拐地走来，郑先生念及老人辛苦，把整担都买了，回家甄选。郑先生是兰迷，回家闭门三天，发现了一丛颜色深绿有光、质地细糯、尖端钝而起兜的兰花，令人惊异的是它的花蕊紫红如指，蕊壳上深紫红色的筋条自基部直通到顶尖，如烟似雾，有着非同一般的神韵。郑先生爱不释手，拣了两苗上盆培育。因根粗苗壮，又在湿度和气温适宜的湖州双林，没过几天，便双双绽放了花朵，花瓣端似荷花，长有小尖，色泽嫩绿有光，白色的大刘海舌散开点点马蹄形红斑，清芳馥郁，远近兰友争相前来赏花。正当一众兰友沉迷花香之时，喜报传来，赴京赶考的孩子高中进士，于是“兰花开出个进士来”成为美谈。从余姚赶来赏兰的兰友王叔平脑海中灵光一闪，大呼“大富贵”，一众兰友皆附和。王叔平与兰花也是有缘，郑先生便将其中一盆“大富贵”相赠。郑先生留下的那株和自己天长日久地相伴，便将自己的名字嵌在荷瓣兰花中，取名“郑同荷”。

由于余姚和湖州两地气候、水土、环境等方面存在差异，两株荷瓣兰花有了细微的差别，她们就像一母所生的嫡亲同胞姐妹，虽然乍看是一个模样，但只要细看起来，就会发现她们各有自己的特征。

这虽然是一个传说，真假无从探究，但也让我明白，作为荷瓣之王的一百年，不管是“郑同荷”还是“大富贵”，她们的经历和传奇远不止是我们根据资料能找到的这些，她们的身世更加复杂，经历更加传奇，衍生出的故事更加丰富多彩。历经百年，资料记载中的谬误之处，也是无法避免。我再一次翻阅这两品兰花的记述，悠悠百年，这两品兰花的记载繁多，但不尽相同，只有“大富贵”由“上海花窖出”是确定的。那么，在上海花窖的“大富贵”经历了什么，又有一番什么样的奇遇，就是被遮蔽的传奇，不得而知了。

清末到民国初，兰事盛行，据近代兰花名家顾树棨在《兰苑记事》记载，苏州城内就有一条“兰花街”，就是专营兰花的集市：“在苏州观前街之南，约莫四五十米长的小巷内，兰贩租屋专营兰蕙或出售兰花花朵，因而成了当地嗜兰者经常光顾之地，各地爱兰者亦纷至沓来，热闹非凡，真是花香不怕巷深，久而久之，这条小巷便似成了专营兰花的场所，名声日隆，遂命名为‘兰花街’。人们直呼为‘兰花街’至今，未更名也。”

这样的兰花街不只苏州独有。从乾隆时期开始，每年三四月份，苏州、无锡、上海等地都有举办“兰会”的传统，这些兰会广泛吸引兰家参与。宁波、绍兴、杭州、嘉兴、湖州、宜兴、南京等地兰家都会拿出自己的兰房里最好的兰蕙赶去参展，各地艺兰名家品蕙相兰，是每年春天的盛事。

繁荣的兰花市场，需要众多花窖兰房的精心培育，而有名望的花窖兰房和采兰人、艺兰人、爱兰人都有密切的联系，众多兰花名品从花窖兰房走向市场前，在花窖兰房的兰花城堡里，有不被兰界人认知的传奇，也未可知。

## 4

还是想聊聊“郑同荷”和“大富贵”，就联系了万老师，通过微信语音聊了起来，聊到王叔平的“大富贵”和吴承元的“大富贵”。万老师说兰界其实一直都有争议，但他觉得王叔平的“大富贵”和吴承元的“大富贵”应该不是同一株，虽然兰花典籍颇多，可查的记载也浩繁，但典籍和记载都是一代代兰友个人所撰，并没有统一的规范和研究，而兰花一直在繁殖、分株，可查的资料和典籍还是不够详尽，被湮没的太多啦！

无论被湮没了多少传奇，无论记载中有多少谬误，“大富贵”和“郑同荷”在市井中辗转百年，一直都是令人梦寐以求的兰花珍品。尘埃落尽，她在凡尘中展开容颜，展开又一次飞升的翅膀。

从她们走出慈溪的那一刻起，她们就开启了自己的路，有了各自不同的造化和奇遇。一百年的时间太长了，或许，她们也有无数次的相遇、无数次的交集，在兰展上，在品鉴会上，在书页上，在艺兰人的视野里，在一次次的被比较中。但不得不承认，她们有着那么多的不同。细细相较下来，她们从叶形特征、叶片数量到花苞、花莛，都是有区别的。一百年的流转和演变，时光对她们是宽容的，由着她们一如既往地执着，保留了她们自己的个性。

世上再没有比兰花更有灵性的花草了。市井喧嚣，有兰安之。古往今来，国兰在不断的演变进化中，逐步确立了以兰花花瓣的瓣型、花色、叶型、叶色为主要鉴赏标准的理论体系，梅瓣、荷瓣、水仙瓣、素心瓣、奇瓣等五大瓣型各有魅力。俗语说：千梅万仙，一荷无处求。可见荷瓣兰是珍品中的珍品。“郑同荷”“大富贵”以荷瓣出世，从此成为兰界选择荷瓣兰的依据和参照，环球荷鼎、绿云、美芬荷、神话、盖圆荷、处州荷、万青荷、三花荷、天一荷、端秀荷、翠盖荷、宪荷、迁公荷……荷瓣名品不断出世，衍生出更多的传奇。

一兰一世界。花容神韵如神迹，又转瞬即逝，亭亭兰株在悠长的时光中，陪伴着日月，陪伴着喧闹的市井人间。

## 四、爱兰者说

据《博物志》载,“舜帝南巡,在兰台亲手栽兰”;《路史》载,“尧帝之世有金道华种兰”。《博物志》是西晋张华编撰的中国古代神话志怪小说集,《路史》是南宋罗泌所撰的记述上古以来历史、地理、风俗、氏族等传说和史实的杂记。在没有直接文字记载的上古时代,千万年的苍茫云烟扫过,史实已无法考证,只能以传说故事的方式,带着神话色彩流传下来。舜帝兰台亲手栽兰、尧帝时金道华种兰,也以这样的方式,将一缕兰香缥缈进蛮荒的上古,赋予兰花亘古通今的气息。

尧帝和舜帝种下兰草,将兰文化根植在了中华文化的传统里。

兰草,是先祖留给我们的无字天书。

兰草,自此,带了“仙草”的体质。

张华所在的魏晋南北朝和罗泌身处的南宋,都是文人士大夫爱兰最盛的时代,从驳杂的上古史书中记下尧帝舜帝的兰事,张华和罗泌一定也是爱兰人。他们写下的,也是爱兰人的爱兰者说。

尧帝和舜帝,成为传说中最早的爱兰人。

上古兰影,一路袅娜。尧帝和舜帝,引领着后世浩浩荡荡的爱兰人队伍,种兰、养兰、莳兰、艺兰……繁星一样的名品兰花临世,仙姿韵影在爱兰人的目光里盛放,爱兰人和兰花,一起书写兰文化的瑰丽传奇,也是爱兰人的传奇,更是兰花自己的传奇。

## 1

古典名著《镜花缘》中，作者李汝珍借上官婉儿将各种花卉按高、中、次编为“十二师”“十二友”“十二婢”，牡丹和兰花被列为“十二师”之首。

清代的区金策在《岭海兰言》中又将牡丹和兰花列为“二王”：“牡丹以富贵为花王，真花王也。兰为王者之香，有其德而无其位，素王也。”区金策尤为推崇“素王”兰花，对比菊花和水仙，将兰花无可比拟的仙姿雅韵描述得至静至清：“有菊花之静，而无其孤；有水仙之清，而无其寒。”

区金策将兰花列为花之素王，而素王也是国人对孔子的尊称，意指孔子是思想之王，明朝诗人戴璟的诗《谒夫子庙诗》写道：“千年礼乐归东鲁，万古衣冠拜素王。”孔子的“素王”和兰花的“素王”相通。孔子爱兰，千古传颂的《幽兰操》中，圣人以兰喻君子，说出了“兰为王者香”的君子之道。

而明代王象晋的《群芳谱》更将兰推崇到极致：“蜂采百花俱置股间，唯兰则拱背入房，以献于王，物亦知兰之贵如此。”

兰花，被一代代爱兰人珍爱、推崇。爱兰人终其一生，沉迷兰世界，以兰修君子之道，孜孜以求一瞥一念间的心意相通。每一个爱兰人身后都有一片兰花妖娆，但款曲相通的那一品，是遇见，是修得，是仙子临世和爱兰人一眼相认的缘分。

一个人，一株兰草，从光怪陆离的大千世界中，慢慢靠近，相

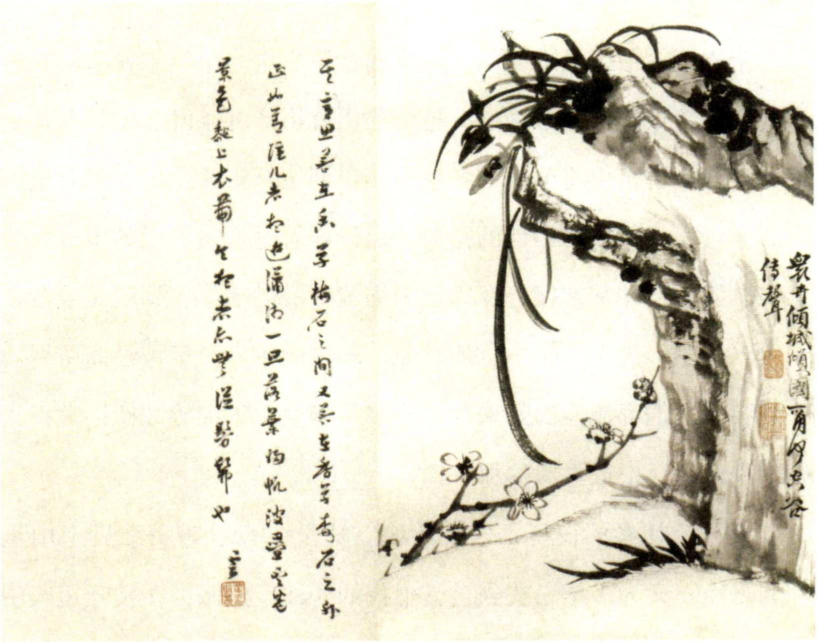

清　石涛　《兰竹图》册页

认，是天地成就的奇迹。而遇见，是神赐的契机。

“宋梅”，就是两百多年前，宋锦旋的“遇见”。

宋梅又称宋锦旋梅，被列为春兰四大名种之首，与春兰“龙字”合称“国兰双璧”，与“集圆”“龙字”“万字”合称“春兰四大天王”。

宋锦旋，清朝乾隆年间人，世居会稽山里一个叫宋家店的小村子，以经营茶叶、布匹为生，把会稽山脉出产的茶叶、山货等运到苏杭等地销售，再将苏杭的各色布匹带回绍兴售卖。他经商有道，不辞辛苦，很快成为当地的富户，但仍守着过清贫日子的本分，自己粗茶淡饭，却常常接济乡邻。宋锦旋唯一的嗜好，那就是爱兰、采兰、养兰。为了一品中意的兰花，不惜倾尽自己辛苦经商所得。每到春天，他都流连山间采兰。但多年养兰，宋锦旋却始终觉得未得到自己心目中最喜欢的那一株。

又一个初春的夜里，宋锦旋躺在床上，盘算着第二天上山觅兰的路径，又为多年未找到自己想找的一株兰感慨，在长吁短叹中入睡。朦朦胧胧中，他忽然看到一个头发花白的老婆婆，领着一个十五六岁的少女，站在他面前。老婆婆说，少女是个无依无靠的孤儿，是自己的邻居，听说宋锦旋心肠好，带她来投靠，求先生收下做个奴婢，以求温饱。宋锦旋不由打量这小女孩，虽衣衫褴褛，但眉清目秀，身姿端正，他自己也是穷苦人家出身，便答应收养女孩为义女。然后，老婆婆留下小姑娘，再三叩头作揖感谢，宋锦旋彬彬有礼地把老婆婆送到门口才拱手告别。

第二天早上醒来，宋锦旋才恍然发觉自己昨夜深陷梦境。他仍旧上山采兰，寻遍一座又一座山，直到夕阳斜挂在会稽山脉的峰峦之间，仍未遇到中意的兰株，只好拖着疲累至极的身体下山。突然，他脚下被凸起的山石一绊，整个人摔倒在地。他缓缓坐起，茫然四顾，忽然眼前一亮，夕照中，身侧的荆棘中一小丛兰草在微风中轻轻摇曳，刚柔相济的叶片弧度柔美，映着夕阳，泛着点点似有似无的光泽，叶丛还捧着一个形似莲子的花苞。宋锦旋心中一动，握紧山锄，先刨除清理兰花周边的荆棘，然后小心翼翼地挖起兰花，装入筐里，下山而去。

回家后，栽进花盆，精心照顾。十几天过去了，在温和的春光里，那丛兰花慢慢抽出了长蕊；再过几天，放花了。肩平梗青，三瓣嫩绿、紧圆、带尖峰的外瓣，泛着绒毛般的光泽，花瓣的边缘像用笔描上一圈白线，蚕蛾捧、刘海舌，仔细看去，花瓣带了荷的形，又似水仙的长瓣，还有梅花的神韵，和宽阔起凹、弧度优美的叶形浑然一体，像少女般体态优雅，又端庄秀美。宋锦旋深知自己遇到了兰中珍品，心中欢喜，曦光中瞧，夕光中看，犹觉不够，又在夜晚的灯光下端详到深夜，蓦然间他想起了半个多月前的那个梦，这兰花的叶姿、花形如此楚楚动人，神似梦中的小姑娘，这就是那个婆婆托付给他的小姑娘吗？那个老婆婆莫不是花仙子？

宋锦旋像对待自己的女儿一样，精心地照料着这盆兰花，看着她不断地成长、分株、开花。时日绵长，这丛兰花越来越美丽脱俗，外三瓣更加“紧”圆，宛如梅花的花瓣，主瓣中正圆整，副瓣肩平，中宫收紧，花容十分端正。色泽青绿，不含杂色，外三瓣好似镶上的白边，与舌之白色相应，更显清雅，他以自己的姓氏命名这兰花为“宋梅”。两百多年过去了，江浙之地的采兰人、艺兰人不断发现培育出新的梅瓣型兰，却再没一株有如“宋梅”一样的神清气足、大气端庄以至器宇轩昂的气场。“宋梅”无论是花容，还是神韵，都堪当梅瓣兰的典范和王者。

“宋梅”出世，是清代国兰瓣型理论孕育成熟的时候，“宋梅”以无上花品成为国兰梅瓣的范本，艺兰人由此确定了梅瓣兰的定义。

宋锦旋后裔一直居于绍兴，艺兰大家宋鸿翔先生，至今守护着祖传的一百多盆春兰珍品，“宋梅”也一直深受国人珍爱。

2

宋锦旋的“遇见”，成就了兰界经典的“宋梅”传奇。

每一株、每一丛名品兰都有着这样的传奇。只是，不是所有的传奇都能得以流传于世。

据《兰言述略》记载，最早的春兰名品是梅瓣的“青钱梅”：“青钱梅，五瓣着根起圆，平边、软，大圆舌，平肩。顺治年间出自苏城，今绝。”

珍贵的名品兰花在时光中被湮没，令人扼腕。那么多的名品失传，那么多的仙颜雅姿只闻其声，不见真容，闻之黯然。

好在一代代的爱兰人、艺兰大家，守护，培育，一品品老种经典名兰得以绵延流传，新的珍品兰花得以面世。

江南“兰王”沈渊如先生，是一位令人肃然起敬的艺兰大家，他倾尽心血，一生精心培育传统名兰，许多濒临失传的名品兰在他的兰室得以留传，同时他还寻觅培育新的珍品，不断有珍品名兰从他的兰室面世。

沈渊如先生祖籍安徽，曾祖是安徽盐商，太平天国时期迁至无锡。无锡西临太湖，京杭大运河穿城而过，城西有梁溪，源于惠山的水流清澈见底，沿城而下，注入太湖。一年四季空气润湿，适宜兰花生长。江南景色绮丽，无锡商业繁荣，明代以来素有“小上海”之称。商贾士绅文人遍布，兰花备受宠爱，养兰也成为无锡人的传统。

沈家是名门望族，祖辈几代养兰爱兰。至民国初年，沈家在沪、宁拥有袜厂、布厂、制造厂等十三家股份工厂，富甲一方。沈渊如是家中长子，从小性格沉静，谦和儒雅，天性爱兰，艺兰成癖。他和无锡城中艺兰高手交流切磋，请教艺兰名人，赏兰、品兰，兰艺不断精进，三十多岁就名动江南，成为海内外闻名的“江南兰王”。

沈渊如的一生也因兰而跌宕起伏。民国初期，沈家累有兰蕙近千盆。沈家大宅三造进深，前厅待客，前院摆放着夏蕙；后院则摆放着春兰，并设有千兰堂，时常举办私家兰展——春季举办春兰展，夏初办夏兰展；最后面的小庭院则是沈渊如的“私家秘密花园”，约九十平方米的院子里，莳养的都是珍贵兰蕙、名品佳种。

东北沦陷后，大批难民流离失所，涌向内地。1933年，沈渊如在无锡公花园同庚厅举办了兰花义展，沈家多年珍藏的珍品兰悉数展出，普通大众得以一睹传说中的名品兰真容，一时盛况空前，沈渊如将门票所得捐助给难民救济会。

1937年，抗战全面爆发前夕，日本人小原荣次郎多次到杭州、绍兴、上海、苏州、无锡等地收集中国春兰。小原派人到沈家谈判，要带沈家的珍贵兰花品种到日本去，被沈渊如拒绝，经再三交涉，沈先生表示图片资料可以给，但兰花一株都不行。小原带着沈先生的兰花图片资料回日本后，整理编写出版了《兰花谱》，轰动日本。这部书分上、中、下三本，其中大部分资料和图片是沈家的，《兰花谱》至今广受爱兰人推崇。而当时谈判不成，日本人唆使地痞流氓骚扰恐吓沈先生，沈渊如一身傲骨："我宁与兰花一块死，玉石俱焚。"

后来日本人又假意高价购买兰花，以"一瓣一两黄金"购买兰友手中的珍稀名兰。沈家老父亲拍案而起："只要日本人出价，我们就以高出一倍的价格买下来。"有了老父亲做后盾，沈家全家出动，沈渊如遍告兰友："大家手里的名品兰我来收，以后若想再种的话，可从我这里分盆。"沈渊如父子联手，倾囊保住了江浙兰脉，沈家几乎集中了全国所有的珍稀"文人兰"。

1946年春天，是抗战胜利的第一个春天，一个让江南兰界沸腾的春天，还是在公花园的同庚厅，沈渊如再次举办兰展，把当时最珍贵的一株蕙兰"曹荣大荷"，改名为"胜利大荷"。"曹荣大荷”1924年由无锡兰花名家曹子瑜、荣文卿选出而得名，沈渊如得此兰后，精心培植，仿佛为了庆祝这个激动人心的时刻，“曹荣大荷”历经二十二年，终于以一蕊来给这次兰展锦上添花。

从1925年开始养兰，到1949年，沈渊如已有春兰名品七十多种，蕙花名品五十多种，其中有三十多种是他精心培育面世的新品。至此，沈家已有名品兰花两千余盆。

可惜，十年动乱，沈渊如和他的兰花面临浩劫。夜深人静，被批斗了一天的沈渊如，心心念念的还是自己的兰花，拖着疲累、伤痛的身体，和儿子沈荫椿一起冒着生命危险悄悄翻墙回到被查封的沈宅，把残存的积累多年的重要资料及一些带有史料价值的图片“偷”了出来。

为了保护兰花不被打砸，他将视如生命的多年心血培育的兰花珍品捐赠。只是，三年后，在南禅寺，他看到自己的珍品兰以蕙花每盆3元、春兰每盆2元的价格被拍卖，一生爱兰如命的沈渊如，心痛万分。那时，沈家的生活相当拮据，沈荫椿在无锡水产公司、水果仓库做搬运工，从早班、中班到晚班，他一刻不停地干着，只为了能多赚10元的加班费，多抢两盆被拍卖的兰花回来。

爱兰一生，莳兰、艺兰一生，最后对着空荡荒芜的院子，沈渊如晚年中风，失智不语，瘫痪卧床五年，1978年2月1日，一代艺兰大家沈渊如与世长辞。

沈荫椿是沈渊如三子，终日跟着父亲艺兰，看筋、辨脉纹、察色晕，颇有所成，根据父亲生前留下的一生艺兰的珍贵资料，整理编写《兰花》一书，1984年出版发行。《兰花》一经问世，得到艺兰人养兰人的珍爱，先后已印刷五次。

薄薄的一本《兰花》，凝聚了沈渊如一生的心血，散发着名品幽兰的清香。

## 3

朱德委员长曾两次到无锡拜访沈渊如。朱德委员长一生戎马倥偬，却对兰一往情深。朱德出生在四川仪陇，川中大地盛产兰花，朱德委员长从小沐浴在兰的幽香中。战争年代，朱老总带领部队转战深山老林，在战斗的间隙，遇到好的兰花一定采来，种在简易的便于携带的盆具中。新中国成立后，繁忙的工作之余，朱德寻兰、养兰、艺兰，到中山公园的兰圃赏兰，和园丁虞佩珍成为忘年交，传为佳话；朱老总还到四川的杜甫草堂、文殊院、人民公园、灌县青城山、离堆公园等处访兰，也到江浙，访艺兰大师褚友仁等。兰花伴随了朱老总的一生。兰花的幽香一路跟随着朱老总转战大江南北，因此朱老总被称为“香帅”。

朱德委员长每次见沈渊如，都互赠兰花，交谈艺兰经验。朱委员长亲笔题写“养好兰花”相赠，并赠送《兰花谱》《兰言述略》《兰蕙同心录》《兰蕙小史》等书给沈渊如。“绿云”是春兰皇后，叶姿斜立，成株的边叶有扭曲，叶质厚、短阔，在沈家，朱德委员长一见就爱不释手，爱兰人的心意是相通的，沈渊如割爱相赠。

爱兰人的交往就是这样纯洁，一如兰花的清雅。

因了兰花的清雅，兰花被历代雅士钟爱。著名爱国将领张学良爱兰成痴，他在台湾没有自由的寓所开辟了两个兰园，一个专养洋兰，一个专养国兰，在国兰园里，莳名贵国兰两百多盆。

后来，当张学良将军得到有限度的自由后，台北市的兰花交易场所、私人兰圃里、兰花展览上，便有了一位着软底布鞋、器宇不凡、风度儒雅的“赵老先生”。赵老先生兰艺了得，谈吐儒雅，见识不凡，而且逢展必到，遇到珍品，不问价格，倾囊出手，在台湾兰界名气大盛，令兰界同道中人敬重、仰慕不已。同时，人们也生出强烈的好奇心，四处打听“赵老先生”的来历，时间久了，才慢慢知道这就是曾经金戈铁马、叱咤风云的少帅张学良。

张学良将军走遍了台湾产兰区的山山水水，寻觅珍奇品种，访问过无数艺兰大家、种兰人家，交了一众兰友。他的兰苑不但有江浙的“绿云”“宋梅”“郑同荷”“环球荷鼎”，也有四川的“大红朱砂”“春剑牙黄素”，广东的“报岁白黑”“企叶黑墨”，还有福建的“银边大贡”等珍稀名品。

年过九旬的张学良将军被推选为世界兰蕙交流协会荣誉会长。和世界兰蕙交流协会会长黄秀球、秘书长刘明鉴等兰界名人在家中赏兰、品兰，成为张学良将军晚年的一大乐事。

半个多世纪的幽禁生涯，张学良将军如同一株幽兰，幽居含芳，超逸凡尘，做到了孔子和黄庭坚推崇的“兰甚似乎君子”。张学良将军，真君子也。

张学良莳兰，浇水、施肥、换盆、除虫、灭菌，亲自为之，培植出兰花珍品，亲自给她们命名，如“宝岛仙子”“香天雪玉”“绿荷”“樱姬”“瑞玉”等。这些优雅美丽的名字带了少帅的个人特色。

我曾有一段时间，着迷于从清雅脱俗的兰品的名字，探寻每一品兰的来历。她们有的带着古典的韵味，逸去凡尘；有的印上了她的来历、她的出身；还有的带着艺兰人的气息……兰花新品临世，命名是一门大学问。

一代代兰人精雕细琢，多如繁星的名品兰花，每一品都独具特色。有的带着故乡的标识，以产地直接命名，如建兰的“永福素”“温州素”“仁化白”，春剑兰的“隆昌素”等；有的具上“第二故乡”的传奇命名，据传名品“骏河兰”产于福建，当年徐福东渡时带到日本，种于骏河县，后人不知其来历，就以“骏河”命名；而下山兰，常常把采兰人的姓氏嵌进名字，如春兰“高荷”就是一位姓高的采兰农采得，而命名为“高荷”；以培育人的姓名来命名，名品“郑同荷”就是用培育人郑同梅和荷瓣的品种一起命名的；有的命名更为有趣，以兰在世间的轶事典故来命名，如“小打梅”，因几个兰人都爱极了，争购中差点斗殴，为了纪念这次“小打”结合了瓣型的“梅”字得名。

带着纪念意义，带着感性命名的，如“后翠蟾”，原种不幸夭折，后来有了品相相似的兰种，为怀念原种而命为“后翠蟾”。还有“胜利大荷”，为抗战胜利命名，而“大贡素”却是因贡品身份命名；“绿云”“翠盖”“白墨”“大雪素”等以花色命名；“端梅”则以花的形态命名；也有组合了产地、花色、瓣型的命名，“秦淮绿荷”就因取了秦淮河的名字而韵味无穷；还有花色、叶态以形象的比喻命名，如“凤尾素”“铁骨素”等；“十三太保”“十六罗汉”“十八学士”这样侠气的名字其实只是以莛花朵数加借喻来命名。

世上恐怕再没任何一种花有比兰花更繁多的名品了，世上再没有比兰花更千姿百态、鬼灵精怪的花朵了，世上再没有比兰花更耐品的花草了。一朵小小的兰花，有萼片三片，中为顶瓣，两边为肩瓣；花瓣三瓣；舌瓣又有色点的晕心和无杂点的素心之分；蕊柱要素嫩莹洁。而肩瓣又有平肩（一字肩）、翘肩（飞肩）、垂肩（落肩）、蟠肩之分。舌瓣也有长、短、大、小，以及大卷、微卷、兜状之别。萼瓣又能进化成各种瓣型，如梅瓣、荷瓣、水仙瓣等。多瓣奇花又开成牡丹形、菊花形、睡莲花形、玉兰花形等。这么复杂，兰的千变万化，有了世上那么多的珍奇兰花名品，有了那么多让我们惊艳颔首、沉浸其中、回味无穷的名字。

每一个名字，每一个兰花名品，都带着“遇见”的人的气息和印记。当她“遇见”他的那一刻，她被艺兰人的目光从纷繁万象中指认出来。她从大千世界中听到了心跳的声音。然后，她的影子跟上他。在漫长的和爱兰人相处的时光里，一切人世纷争的烦恼都抛去。他们一次次对视，一次次倾听，一点点互相确认，她放下仙子的裙裾，在他柔和的目光中，她一点点捧出自己，直到她把最真切的自己呈现出来，在他的目光里定格——她有了名字，他们互相确认了。她被这个世界确认了，被这个世界接纳了。

从此，无论世事纷纭喧嚣，爱兰人的目光为她筑起安静的兰室，一丛清雅幽兰，带着嵌了他的气息的名字和身份，淡定，从容，在这个世界袅娜。

这是她，兰花的传奇。

这是他，爱兰人的传奇。

# 第三章

## 兰之登堂

厅堂有兰，是文人雅士追求的一种境界。

斗室中，书案上，一丛兰草，一袭倩影，书香墨影中，素净的花朵像来自名山大川的惊鸿一瞥，带着千仞陡崖，带着峭壁风声，千山万水修炼成的幽香一缕，暗含了隐士风流，呼应着读书人在功名之外、山水之间，纵横逍遥、道法自然的大境界。

细柔的叶片，古韵和风骨皆有，花香氤氲中，世上所有的花卉，万千繁华都黯然失了颜色。就在那漫不经心的一瞥里，时光漂移，线装书打开，述说宁静致远，述说修身治国平天下的大智慧。

在儒家和道家之间，在出世和入世之间，一丛兰草，安然若素，静立于书斋内，端坐于厅堂中。

魏晋以后，兰草从山野进了宫廷，从宫廷禁苑，到士大夫的私家花园，到士子的庭院，到耕读人家的厅堂，到读书人的案几，一路撩拨着文人的情怀。

## 一、厅堂有兰

从山野之中袅袅步入宫廷，步入花圃，步入园林，步入庭院，一身野气慢慢沾染了王者之气，穿过倥偬烟火，一抹清雅淡然的身影晃动于亭台楼榭间，单调庸常的人生便有了雅致和韵味。

庭院要种兰，人生要修身。君子养兰，和琴棋书画一样，是修身立德之雅事。“芝兰生幽谷，不以无人而不芳。君子修道立德，不为穷困而改节。”君子修身之气节，已经凝结在我们民族文化的骨子里。空谷生佳人，天地立君子。孔子咏兰，咏的是君子的德行，咏的更是兰花的风骨。

## 君子风华

嵇康说：“息徒兰圃，秣马华山。”在长满兰草的花圃里休憩，在鲜花盛开的山坡上喂马，兰香招摇，临风把酒，操琴吟诗，多么肆意浪漫！嵇康不愧为旷达狂放最懂风流的大才子。

据《世说新语》记载：“嵇康风姿特秀。见者叹曰‘萧萧肃肃，爽朗清举’，或云‘肃肃如松下风，高而徐引’。”无论是“萧萧肃肃，爽朗清举”，还是“肃肃如松下风，高而徐引”都像是在描述兰姿。而《晋书·嵇康传》说嵇康是“人以为龙章凤姿，天质自然”。“龙章凤姿，天质自然”更是对兰花最恰切的比喻，这世间最美好的词汇给了嵇康，这些最美好的词汇也都可喻兰。或许，嵇康爱兰，天天混迹兰圃，兰草的气质已经浸入嵇康的骨子里，嵇康的气质就是兰草的气质，嵇康的风华就是兰草的风华。

嵇康又说：“猗猗兰蔼，殖彼中原。绿叶幽茂，丽藻丰繁。馥馥蕙芳，顺风而宣。将御椒房，吐薰龙轩。”

嵇康神往的花圃的兰草最终进了椒房殿和龙轩。皇后居住的椒房殿，摆满兰花；帝王的车驾步辇，载着兰香。兰薰，这宫廷里奢侈的香薰，是帝后专用，皇帝皇后浴兰香而居行，当远远的一抹兰香飘来，就该俯身恭迎皇帝皇后驾到了。宫廷里的兰香，成为王者身份地位的象征。孔子说“兰为王者香”，兰在宫廷，如此受宠，皇家专用的兰香，统御着皇后的椒房殿，“椒房兰室”的美名，由此而来。兰室，后来泛指女子香闺。令人心驰神往的兰香，挥洒着“馥馥蕙芳”，在女子的闺房里，留下了袅袅不绝、令人回味悠长的况味和旖旎。

“余既滋兰之九畹兮，又树蕙之百亩”，屈原的诗写尽了对兰草的爱。九畹溪是屈原开坛讲学、植兰修性之地，屈原在九畹溪种下兰草，还不罢休，又植下百亩蕙兰，九畹溪相当于屈原的私家花园了。到了九畹溪，兰已经从宫廷到达了士大夫的园林，屈原能种兰于自己的花园中，也是身份和地位的象征。

兰草甫入士大夫的园林，就受到士大夫的珍爱，屈原这样恣意种兰，也是奢侈到极致了。

“幽兰生前林，含薰聊复待清风”，兰进了庭院，进了陶渊明的诗里，兰香终于走到民间。

“士之才德盖一国，则曰国士；女之色盖一国，则曰国色；兰之香盖一国，则曰国香。”北宋黄庭坚《书幽芳亭》中用国士、国色、国香喻兰，将兰香推上无比高贵的地位，将兰花写到了极致。宋代也是中国艺兰史的鼎盛时期，种兰技艺也发展到了极致，艺兰的书籍众多，咏兰的诗词繁多，兰草入画更是成为风尚。南宋的赵时庚于1233年写成的《金漳兰谱》首开先河，是我国保留至今最早的一部研究兰花的著作，也是世界上第一部兰花专著。可见，北宋文人对兰花的推崇。

“兰盖甚似乎君子，生于深山丛薄之中，不为无人而不芳；雪霜凌厉而见杀，来岁不改其性也。是所谓‘遁世无闷，不见是而无闷’者也。兰虽含香体洁，平居与萧艾不殊。清风过之，其香蔼然，在室满室，在堂满堂，所谓含章以时发者也。”隔着一千五百年的时光，黄庭坚遥相呼应孔子，进一步确立了兰之君子的品质，君子就像兰花，从不吹嘘自己，也不因无人赏识而愁闷，在遭受外界残酷的摧残后，也不改变自己的本性。兰花虽然含着香味形态美好，但平时与艾草没有什么两样。一阵清风吹来，她的香气芬芳，弥漫了居室，弥漫了厅堂，远近皆知，这就是藏善以等待时机施展自己了。

黄庭坚将君子的品质也写到了极致。他继孔子之后，用两种境界来衡量检验真君子：第一个境界是君子尚未成名、无人赏识的时期，能耐得住寂寞，专心致志打磨自己；第二个境界是逆境中，虽屡遭打击，而意志坚定，不改其操守。黄庭坚说的君子处身立世，其实说透了兰草的品质：含蓄，内敛，不张扬，不刻意，甘于混迹花草中，在人群中修炼自己，积蓄力量，等待并善于把握时机，以报家国情怀，施展抱负。君子一旦有机会施展自己的才华，就会尽心尽力地以国家以天下为己任，尽心尽力治国平天下。

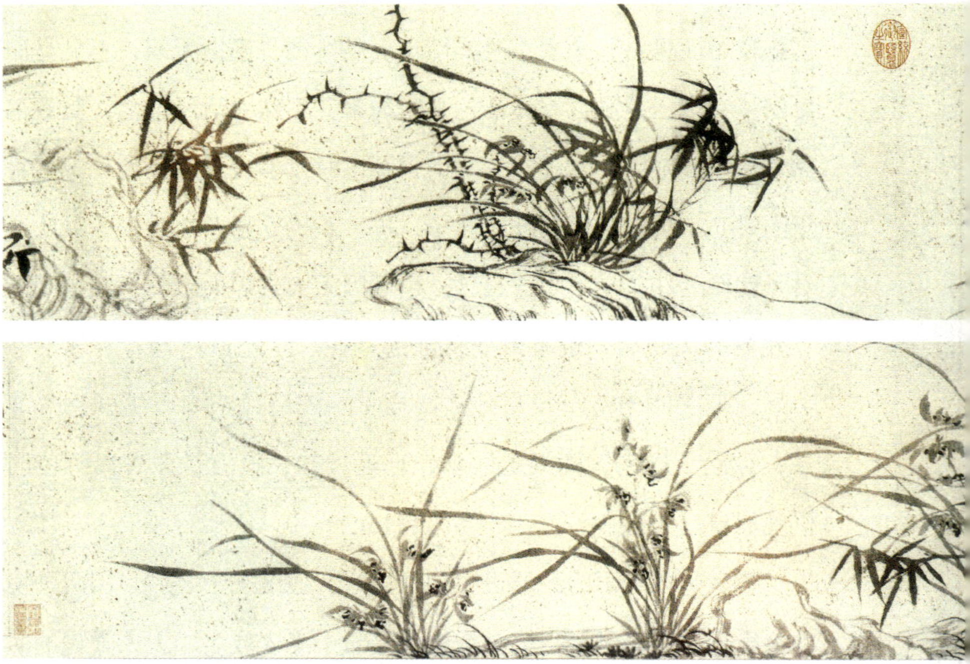

明　周天球　《丛兰竹石》

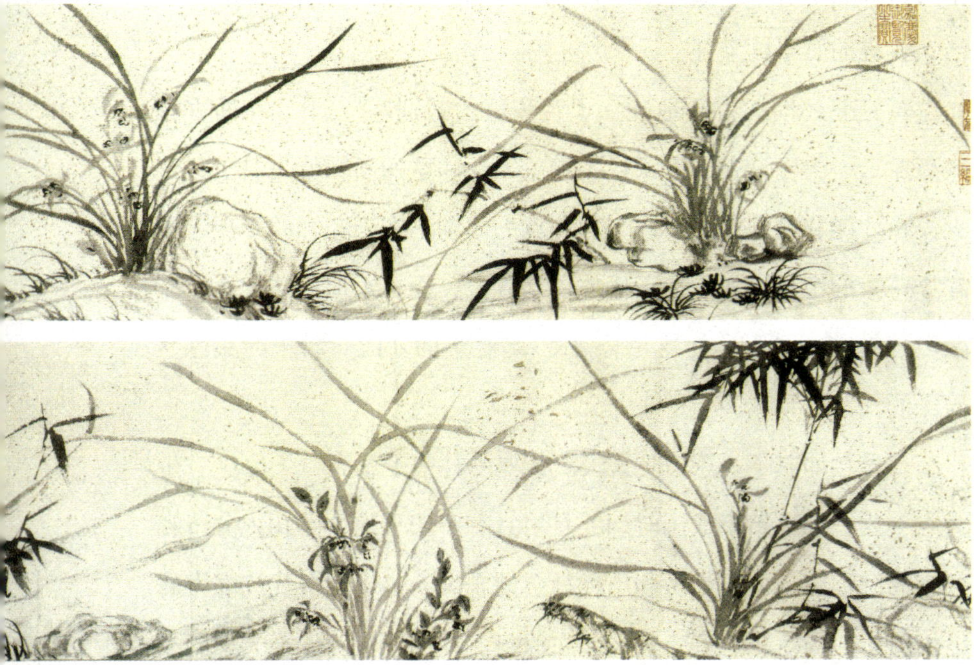

从此，兰入厅堂。在我们的审美意义上，兰不再只是兰草，不再只是香气幽幽的兰花，而是“君子”的别称。观花一时，赏草通年。花开总是短暂的，天长日久的时光中，是兰草的形象挺立在厅堂，挺立在我们的文化传统中。从此，兰花既是一种珍贵的观赏植物，又蕴含着扣人心弦的文化，是被文人墨客和士大夫推崇的高洁、典雅的君子的象征。

黄庭坚还前无古人地确立了兰和蕙的区别：“一干一花而香有余者兰，一干五七花而香不足者蕙。”兰和蕙的不同就是君子和士大夫在才能和品德上的不同，兰和蕙的区别不在于花开的多少，不在于花朵的艳丽，亦不在于盛放还是含苞，而在于那一缕幽香“有余”还是“不足”。在这里，“香”是君子的才能、君子的品德、君子的气节。

“盖兰如君子，蕙似士大夫。大概山林中十蕙而一兰也。”“士大夫”这一称谓始于战国时期，是对具有声望、地位的知识分子和官吏的统称。士大夫是历朝历代社会的脊梁，是中国古代读书人的终极追求。当兰花遇到士大夫，在修身、齐家、治国、平天下的人生追求上，君子的德行、学识、操守、抱负、担当以兰的形象凸显出来，兰的风骨就是君子的风骨，“十蕙而一兰”，君子就这样从士大夫中被甄别遴选出来，兰的君子风骨对中国文人广泛深远的影响从此开始。

从此，养兰是修身，是养性，是追求君子风骨；养兰，是风尚，是观摩，是文人逸士的大雅之事。

厅堂之中，容膝小斋内，侍兰养兰之风从中唐兴起，虽然，据查证，中唐以前的兰不是今天的兰草。几千年以来，人们对兰草在植物学上的认定几经变化，但古今兰文化的传统是一脉相承的，对兰之君子品质的追求是一脉相承的。中国文人将“文”渗透到侍兰、养兰、赏兰中，将养兰过程“文”化、“艺术”化，使养兰成为一门艺术。养兰，诗兰，画兰，书兰，从中寄予了自己的理想、自己的真性情，严谨认真又不拘一格地表达自我，形成了深厚灿烂的兰文化。兰文化与茶文化、酒文化一样，是传统文化里一个象征性的符号。

从此，文人的生活里端坐着君子风骨，端坐着优雅的兰的影子。

从此，兰居于厅堂，居于文人的风骨里。

## 兰隐，修身寄傲

隐逸一直是中国文人特有的情怀，在朝堂和出仕的路上，归隐的情结一直暗暗地存在于历代文人的心里。

从老庄开始，隐逸山林，纵情山水，逍遥天地间一直都是文人心中若隐若现的一个梦。兰，天地山水间孕育出的嘉蕙灵草，野和幽的禀性，清和雅的气质，是文人士子在长年累月的仕途磨砺中追寻的白月光。赏兰、品兰、养兰、侍兰，在内心里，就是冥冥中和深山幽谷、天地山水对话，寄情山水的梦想在一丛兰草的叶形花影中得到舒解，隐逸世外的情怀在仙子临世一样的兰花的开放中得到释放。

黄庭坚在《书幽芳亭》中论述的信息量太大了，他在最后写道，“山林之士，所以往而不返者耶”，有才之士，远离庙堂，返归山林的很多。黄庭坚用兰花喻归隐山林的名士，孔子说“邦有道则仕，邦无道则隐”。黄庭坚在这里又是呼应孔子，正因为庙堂无道，有才之士遁迹山林，做起隐士。孔子的这句话说起来如此简单，现实中却困扰着一代代文人，到底是居庙堂之高，还是处江湖之远？毕竟学而优则仕，是中国读书人千百年来求取功名的动力。孔子也说，“邦有道则仕”，文人要归隐，是在“邦无道”之后，所以大多数文人的归隐，都是在或朝政昏聩，或朝堂之争，或党派倾轧中被迫的选择，出仕的路走不通，才转而去归隐。

即便决定了归隐，对尘世的眷念也不是抽刀即断。想起李白那句著名的诗句“抽刀断水水更流”。李白的一生，都郁结于理想与现实的矛盾中，在出仕与归隐的纠结中，他素怀远大的理想抱负，又长期被污浊的现实压抑，也只能发出带有诗人意气的“人生在世不称意，明朝散发弄扁舟”的仰天长叹。唐朝著名山水田园诗人孟浩然，也在出仕与归隐之间艰难踟蹰了将近四十年，最后才决定“只应守寂寞，还掩故园扉”。“百世田园之祖，千古隐逸之宗”的陶渊明，在两种思想的碰撞中，三次出仕，又三次选择归隐，三进三出的纠结之后，最后一次才真正归隐田园，回归到自然之中。没有官场的喧嚣，回到田园生活的宁静，陶渊明最终大道归隐，饮酒放歌，南山悠然。

出仕，归隐，让古今多少文人志士，在进退之间举棋不定，难以抉择。出仕与归隐这条分叉路口，一边是庙堂抱负与政见之争、同僚排挤，理想与现实的落差；一边是空寂的山林，物我两忘的宁静平和之余，忧国忧民的惆怅。左转与右转，小小的一步，却能让人蹉跎一生。

孔子的第一追求也是实现平天下的抱负。出仕，在庙堂之中施展才华，体现人生的终极价值，是他以为的人立于天地间的责任。但现实总是“骨感”的，一腔报国志，负于东流水。文人清高，不想混同于世俗，消磨于世俗，他们要保持人格的独立性，要泾渭分明地从世俗中分离出来，要清白淡然的风骨在，要让世俗生活精神化、艺术化，就要从世俗中挣脱。

这就需要寄托。

在中国的传统文化当中，梅兰竹菊，千百年来以其清雅淡泊的品质，为文人逸士所钟爱，成为人格品性的文化象征，被公认为“四君子”，各有境界和寓意：梅花喻傲骨，竹子喻坚贞，菊花喻高洁，而兰花喻超尘脱俗。

超越凡尘，超脱俗气，是文人士大夫倾其一生在修炼的境界。

兰花长在深山幽谷，不涉凡尘的超脱气质，轻易地达成了文人士大夫的梦想，让他们每每沉浸其中，产生深山幽居的感觉。

“幽兰生前林，含薰聊复待清风”，当陶翁悠然见南山，兰草自在对清风，归隐的是陶渊明，入世的却是兰草。兰草亭亭玉立于廊前，静等清风徐来，吐出口中含着的一缕山野清香。吐气如兰——吐出的是山野的清冽，是幽谷的与尘无染，轻轻淡淡的，荡涤世间的浑浊，于俗世蒸腾起的喧嚣中注入一股清澈。

文人爱兰，爱兰幽于野的人生意趣，爱兰“龙章凤姿，天质自然”的气质，更期待跟着入世的兰草感受出世的境界，到达一种“兰隐”的隐逸生活形态。

“大隐住朝市，小隐入丘樊。丘樊太冷落，朝市太嚣喧。不如作中隐，隐在留司官。”白居易的《中隐》，颇有中庸之风，中隐能在出仕和归隐中“致身吉且安”。“中隐”的主张，是折中主义的妥协，更是浪漫主义的逃避，逃避承受冗杂事务的责任，逃避朝堂纷争，逃避人世喧嚣，从而寄情山水，在杯酒声色中吟诗唱和，这种逃避还需有一个闲官在身。天下文人士子何其多，天下闲官知多少？不是谁都能选择中隐，中隐，似乎更像暂时的安身之“隐”。

但像中隐一样，闲淡、自由、洒脱不羁的隐逸之路，是天下士子文人一直在追寻的。“引壶觞以自娱，期隐身于一醉”，东坡选择了酒隐；“一生为墨客，几世作茶仙”，陆羽选择了茶隐。更多的文人沉醉于兰，自然地选择了兰隐。不碍仕途通达，不沽名钓誉，不用避居世外，只求在兰的幽香缥缈中敞开坦荡的君子胸襟，在一丛幽兰的意象里，文人士子们和天地山水对话，实现了从精神到人格的自由。

“长林众草入秋荒，独有幽姿逗晚香。每向风前堪寄傲，几因霜后欲留芳。”清代女诗人静诺的这首《咏秋兰》，一承陶渊明《归去来兮辞》“倚南窗以寄傲，审容膝之易安”的诗意，赞赏兰的清香和幽姿之余，重在阐述兰花君临世间的傲气和风骨。诗言志，静诺咏兰，以兰寄托自己的傲骨，也是千百年来文人的傲骨。

自清代以来，以兰寄傲成为文人独特的人生态度与处世哲学。以兰寄傲，以兰修身，在一丛兰草中修得心平气敛，修得内心的平衡。在一丛兰草、一块精神的净土中，文人有了寄存性情，与世俗社会委婉相安的余地。文人在世，无傲气傲骨则无以化俗，过于傲世又难以容俗，而兰傲，既能化俗，又能容俗。兰，这一幽远而又近于咫尺的意象，是文人理想与现实相交的支撑，是精神生活与现实生活的双重寄托。

世俗喧嚣，红尘万丈，出世是境界，入世更需要勇气。以兰寄傲，于无声中化解了文人无以宣泄的内心危机。

君子大道若简，将自己隐于一丛兰草之中，寄托傲骨，寄予大野，参世事，参流年，和智者一起乐山，和仁者一起乐水。兰隐，是大境界。寄傲，寄托的是傲骨，更是品德，是操行。

兰隐，是隐于兰的意境中修身，修君子的风骨和气度。

## 案上兰花

进了宫廷，在期待和呵护的目光中绽开花苞，兰已不仅仅是兰草，一路跟着君子的脚步，登堂入室，进楼榭，上亭台，成为庭院美学元素里的兰花，闲情逸致里的兰花，居住风水的乾坤中不可或缺的兰花。

“芳草春已歇，素心将遗谁？一枝绽庭畔，微香透书帷。我见不忍折，移栽白定瓷。置之几案边，静对觉相宜。斜日茗饮候，晴窗晨起时。与尔结素交，无言心各知。”清代女诗人骆绮兰的《素心兰》，记述了诗人和兰花的日常。兰花开在庭院还不够，还要移栽到定窑白瓷花盆里，放置到几案边，在寂静的书房，诗人和一株素心兰相对无言，两心相知。兰开在室，盈香满袖，叶影交错，物我两忘，诗人爱兰到了大境界。

世人爱兰，莳兰，将兰花种到花圃，种到花园，种到庭院，种到兰室，直到居有兰，厅有兰，还要置于案上，时时刻刻与兰相对，相知。一丛兰草，就这样成为爱兰人生命中不可缺少的意象。

莳兰更是讲究，骆绮兰用以移栽兰花的是定窑白瓷花盆。定窑白瓷是多名贵的瓷器！定窑为宋代五大名窑之一，以产白瓷著称，瓷胎薄而轻，瓷质坚硬，颜色洁白，瓷体还雕有各种花卉的装饰纹样。一丛兰花配上白定瓷，白定瓷花盆上再印上三五片兰叶，这样的一盆兰花置放在书斋，满室生香，诗句也被古典的光芒映照得雍容典雅吧。

莳兰是一门艺术，所以称艺兰。艺兰的学问太大了！兰花进厅堂，就要移入花盆，盛放兰花的花盆进入爱兰人的视野，牵动着爱兰人的视线。兰盆的材质就有瓷、紫砂、陶、玻璃等之分，更甚者用纯玉兰盆，兰花品种不同选用的兰盆也不同：紫砂兰盆透气性强，外观素雅；陶质兰盆，尤以黑陶兰盆为佳，淡雅稳重，能衬托出兰花的隐逸情趣；玻璃兰盆清透，瓷盆高雅……而兰盆的形状更是颇多讲究，圆形灵动，椭圆形灵巧，长方形沉稳，方形中规中矩，更有各种设计感极强的奇形异状兰盆彰显着艺兰人独具风格的审美。兰盆还有高矮、深浅、胖瘦之分，择盆要据兰株品形而定，兰株较高的品种，比如“大雪素”“程梅”等，选择中深盆或深盆，例如签筒盆、束腰盆、石鼓盆等，突出兰形挺拔潇洒、姿态飘逸的特质；而植株较矮的，比如“翠盖荷”“环球荷鼎”等品种，选择中浅盆，如圆盆、敞口盆、六角盆等，衬托兰花的玲珑青翠，生机勃勃。

兰盆因材质不同，颜色亦有不同，给人的感观更是不同：紫砂兰盆沉静，黑陶兰盆素朴庄重，黄泥兰盆拙朴，白瓷兰盆灵动……兰盆上的图案也有讲究，飞鸟、花卉、山水、人物，俱是名家的墨宝，摹下来，或雕或刻或印在盆身，虽是袖珍版的，韵味气势一点儿不减，因了各具特色的材质的底面，线条粗粝，更有了另外的意味；题三两个字，一两句诗，也须是名家的墨宝，有出处，有讲究，气氛意境都烘托出来了。有时甚至一个字就够了，“雅”“静”“兰”，饱蘸浓墨的笔法，兰花的姿容精神都有了。

当然，兰盆只是衬托、应和兰花的气质，以兰花的花容叶姿株形去相配，然后就是兰人赏兰、莳兰、艺兰的品位和个人审美喜好的融合了。

而资深兰友或者兰家，都有私家定制兰盆，以自己的审美去设计，以自身的修养去主导，将放置兰花的园林厅堂书斋案几都融合进去，古雅素朴或者轻灵明净都以兰家个人的风格，或者根据园林、花室、斋室的风格而定。最后，还要有标识，以兰室或者斋号或者主人的字号题上，还要标示厂家，也是文绉绉的，某某窖出，具上年号。古人真是讲究啊，一切都要雅，要有出处，要有韵味。这样的兰盆，是不折不扣的艺术品，每一件都令人爱不释手，每一件都让置于其中的兰花更具文雅和书卷之气。

素有“江南兰王”之称的沈渊如，对兰盆就非常讲究。他喜欢收藏名家作品，像李仲芳的自然树根盆、欧其位的紫砂盂型盆、徐友泉的紫砂盆、陈文居的紫砂方花盆等件件都名贵。沈渊如的普通兰盆也都是自己设计，向宜兴丁山的杨细春定制的，盆底或盆脚钤有“渊庐”“丁亥”“杨细春制”三枚印章。他设计时将兰花的品性都考虑到，对应不同的兰花品种，适用不同的兰盆。如春兰盆采用老段泥，锅底形的底面，大底孔，高脚，盆面以素面无饰，底孔边薄近如蛋壳，盆体虽大但重量相对较轻，有“蛋壳盆”之称；蕙兰盆底孔径占盆底径一半，以便兰花沥水透气。

由于件件精美，圈内兰友皆以能得到沈渊如的花盆为荣。

兰盆要配花几花案的，沈家专门用来摆放兰花的红木花几就有许多。在明代、清代，兰花的花几也是极讲究的，材质以红木、紫檀、红花梨为佳，榆木、榉木亦可，花几的造型可圆可方，可高可低，要端方沉稳，要和室内家具风格一致，不显山不露水，还要文雅、耐品，要和兰花气质相合，却不喧宾夺主，一几在堂，如谦谦

元　普明　《兰图》

君子安座，让人安心，令人惬意。

古典园林中，安放兰花，还要用到花架。设计花架时，地形位置、园子的格调、空间的层次、居住风水，一样都不能少，都要考虑进去，都要和花架相衬。花架的高矮、宽窄因地制宜，可以巧妙地布置在园林入口两侧、台阶旁、廊檐下、高墙脚、厅堂里。

兰花、兰盆是装点，也是提升，三两丛兰花，一笔点睛，整座园林的韵味便有了，再有一缕兰香，缭绕着假山飞檐，园子便如仙境了。

韦应物的《西亭》写园林中的兰，“亭宇丽朝景，帘牖散暄风。小山初构石，珍树正然红。弱藤已扶树，幽兰欲成丛。芳心幸如此，佳人时不同”。亭台、假山、树林，都是衬托，一丛兰花才是令诗人念念不忘的。

中国古典园林是建筑美与自然美的融合，将山水、花草与诗画情趣、自然风景中能引人入胜的意境涵蕴融为一体，兰的素淡、雅致、清幽、恬静契合了古典园林的意境，无论是气势宏大的皇家园林，还是精致小巧的私家园林，都有兰花的影子。

在晚清岭南四大古典名园中的可园里，兰花是主要的造景植物之一，不但在廊道、入口布置，或于庭院与山石配置，还建有兰花景观台——滋树台，又名兰花亭，是个有砖栏而没有顶的小台。台的名字“滋树”源于屈原诗句：“余既滋兰之九畹兮，又树蕙之百亩。”诗中的“滋”和“树”，都是栽植的意思。滋树台意即种兰蕙的台子，位于可园中心，平面呈方形，青砖砌筑，上面有栏杆，并设有步级方便登台。

可园园主张敬修说自己“性喜蕙，绘者蕙，植者亦蕙”。张敬修的父亲字九畹，亦是取自屈原的“九畹溪”，可见，张家是资深的爱兰世家。可园里也留下了很多兰花的题诗如《题泉石蕙》《折枝瓶蕙》等，弥漫着浓浓的兰花氛围，晚清著名的画家居巢为《滋树台》题诗“露台养名香，疏箪量风日”。

徜徉于古典园林中，心绪随着园林沉静下来，这也是暗合了兰花的气质。

从园林生幽兰，到厅堂有兰，再到案上拂兰影，兰花越来越深地走进兰人心里，隐士以兰自喻，士大夫以兰修身，文人以兰寄傲。以兰给孩子起名字，男子结拜兄弟称为结金兰之好，档案藏书处称为兰台，用兰章喻诗文之美，以兰交喻友谊的真挚。兰，成为纯洁的象征。

一缕幽香，从春秋，到战国，至魏晋、唐宋，再到当代，缕缕不绝。

## 二、壁上兰影

文人爱兰，一步步走近兰，日日赏之吟之，纸上泼墨。一幅卷轴兰花，悬于中堂。画上的一抹兰影，顾盼生姿，摇曳生香。

饱蘸浓墨，悬腕，挥毫，一气呵成，然后点染，水润，一幅兰草写意，不沾一点尘俗，从心里跃出。

兰花入画，写意居多，也有工笔。国兰入国画，幽香透纸帛。浓浓墨香，肆意舒展，渲染开来。

珠帘打开，兰影在堂。

1

绿叶青葱傍石栽，孤根不与众花开。
酒阑展卷山窗下，习习香从纸上来。

明代著名书画家董其昌这首《兰》，描绘了一幅画兰图。这也是一幅兰草图，诗里有画，画里有诗，画里更有画，将画家画兰的情景描述得生动而传神。酒意阑珊，乘兴赏兰，禁不住兴致大发，窗外山石之下展开纸卷，挥袖洒墨，勾勒点皴，一丛兰花倚石而立，袅袅婷婷，若空谷佳人临世，兰香清幽，习习而来，混合了宣纸的香气和墨香，更加令人沉醉。“青葱”“孤根”和“习习香气”，将兰花的形态意境和画工的精湛展现得淋漓尽致。阑珊酒意，幽幽兰香，画意、诗意、兰意，自然中的兰花与画笔下的兰花合二为一，达到天人合一的境界。

画兰闻其香，也是画艺的最高境界了。

画技的精湛、诗艺的精妙，鬼斧神工，给我们呈现出一幅兰的大写意。“画卷”上幽幽翠兰，窗外山影清奇，沁人心脾的芳香从“画纸”里阵阵透将出来。他采用丹青技法，大点着墨，挑出葱翠

"绿叶"侧立在山石之畔。又以"孤根不与众花开"之句，昭示兰花不近凡俗的内在气质。兰花的灵秀，与画家董其昌作为文人的高洁品质呼应。董其昌曾做过明朝的南京礼部尚书，又亲历明朝末年政事腐败，他爱兰，写兰，画兰，是典型的文人士大夫的情怀，借兰花之幽洁，抒发个人独立浊世、不肯流俗的情志。

以兰寄傲——画兰寄傲，文人画兰，杰作迭出。

"七十三岁人，五十年画兰，任他雷雨风，终久不凋残。"郑板桥的兰花，历经五十年，风里雨里不凋残，永不凋残的还有他文人的傲气与风骨，在一幅幅兰花图里，清气幽幽，荡气回肠，傲然生姿。

"深山绝壁见幽兰，竹影萧萧几片寒。一顶乌纱早须脱，好来高枕卧其间。"郑板桥，名燮，字克柔，是清代"扬州八怪"中最具代表性的画家，个性疏放不羁，嬉笑怒骂，不拘一格。诗中的"一顶乌纱"就是指潍县令。因了这顶板桥先生并不怎么在意的乌纱，郑板桥和潍县结下不解之缘，每每说起郑燮，老潍县人，如今的潍坊人的口气都是自豪的。20世纪90年代初，我在潍坊工作时，数度探访十笏园。十笏园这座北方园林，因占地小，喻有十个板笏之大而得名。就是这么小的园林，却因郑板桥陈列馆，因游廊上石刻的郑板桥书画、兰竹图，因了"难得糊涂"板桥先生手书，从而有了浓浓的古意，名声大噪。那时去十笏园，就是奔郑板桥而去。在静寂的园子里，感受他的诗、他的画、他的兰、他的竹、他的山石。他画竹，画兰，画石，也是一笔笔地画自己，他的兰、竹和山石自成一体，他画的兰花是大野的兰，是幽谷里恣肆烂漫的兰，他画的竹子萧萧刚劲，他画的山石嶙峋奇崛。

他首创了草书笔法入画，用草书的笔意画兰，“兰叶用焦墨挥毫，以草书之中竖长撇法运之”，既融入了隶书的阳刚之美，又吸收了草书的机趣天然，他笔下的兰花拥有了非同一般的潇洒。

他的《兰竹图》气势磅礴，枯润相生，一丛丛兰竹，风姿烂漫，他以枯笔淡墨勾石形，以浓墨写兰撇竹，以草书的笔法撇出兰叶，他笔下的兰叶竹叶偃仰多姿，呼应穿插，疏密得当，气韵非凡。

他在《折枝兰》中写道：“多画春花不值钱，一枝青兰半枝妍。”画遍春天盛开的艳丽多姿的花卉，不如画半枝兰花。他对兰之爱，深入骨髓，他的兰花，秀劲绝伦，脱尽时俗，时人评述：“板桥作字如写兰，波磔奇古形翩翩；板桥作兰如写字，秀叶疏花见姿致。”板桥先生弃官归田后，家贫如洗，女儿出嫁时，板桥先生便以一幅《兰竹图》作为嫁妆，并在画上题诗云：“官罢囊空两袖寒，聊凭卖画佐朝餐。最惭吴隐奁钱薄，赠尔春风几笔兰。”

几笔兰花，一生所求。“扬州八怪”大多画过兰花，汪士慎画兰重兰质，李复堂喜欢画雨中之兰，唯有板桥先生画的是心中之兰，达到了人兰合一的境界。

板桥先生画兰，取法于石涛、徐渭、朱耷诸人，又领悟了兰草兰叶的气质，有了将书法融入兰画笔法的创新。书画之事，历来一脉相承，文人画兰，更是如此。

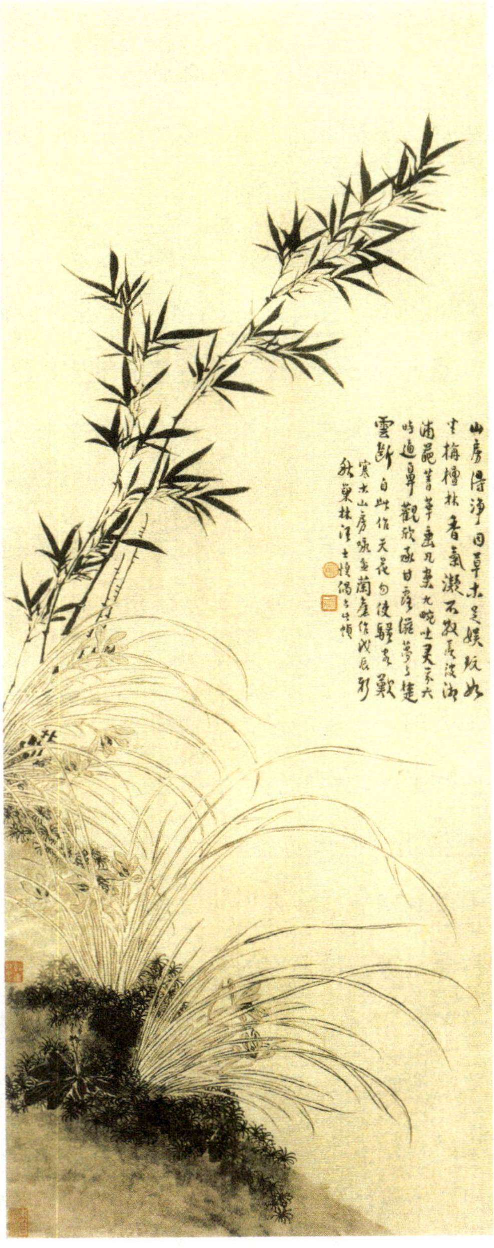

清　汪士慎　《兰竹图》

石涛，明代皇室后裔，原名朱若极，后来削发为僧，是著名的“清初四僧”之一。他的山水画早年师法宋元诸家，画风疏秀明洁；晚年用笔纵肆，墨法淋漓。他的兰竹画是中国画史中的一绝。他的《兰花图》兰叶瘦劲，浓墨托出，交叠穿插，粗细长短的笔踪、枯湿浓淡的墨形，疏密聚散中，整幅画充满了生机和动感。

“搜尽奇峰打草稿”，石涛一生浪迹天涯，云游四方，从禅门转入画道，其超凡脱俗的画风，和兰草的气质息息相通。石涛画兰，用水墨写意，行笔爽利，淋漓简练，扑面而来的是清峻挺拔、浑厚华滋之感。

石涛传世珍品有《墨笔兰草册页》《兰石图》《露兰风竹图》等，他画兰，以高超而神奇的笔墨技法画出了兰花的本性。

而清初画坛怪杰朱耷，号八大山人，画兰则三五笔写意，有叶而无花。八大山人画兰，画的是兰花的神韵。

清末的任伯年则画兰之挺秀，笔墨清洁。

明代名家文徵明“以风意画兰，以雨意画竹”。他尤善画墨兰，他的墨兰图潇洒飘逸，被誉为“文兰”。文徵明留下了许多画兰名作如《兰竹卷》等，他笔下的兰，洒脱而不失法度，高洁而又端正紧谨，画出了兰花端正的风采。文徵明不愧为“画兰圣手”。

而旷世奇才徐渭画兰，观照自己的生命和人格，以“无媚”和“清苦”喻兰喻己，如《水仙兰竹》和《兰竹图》等，笔意纵横，气势奔放，看似乱涂横抹，然而笔笔有法，画出了兰的气度。

以破盆兰花入画的清代画兰大家李方膺，他的《破盆兰花图》

明　徐渭　《墨笔人物花卉》册页

独具情趣，画面上的花盆破损了，这样的破盆中，竟长出春兰数枝，寓意颇深。残破的兰盆都能入画，李方膺也是第一人了。他画兰，花叶纷披，纠缠错结，纵横豪致，粗犷不羁之气扑面而来，也是合乎他的气质。

才子之狂放，只有兰花才镇得住，只有狼毫饱蘸了浓墨在纸上挥洒，才能写尽风流。

不恋世间纷扰，不眷凡尘浮华，一丛兰花，在厅堂之上，又在幽幽大野，带着世世代代画兰人，心灵躁动中趋向澄静。

2

古时画兰被称为“写兰”，最早有记载的画兰之作是晋明帝的《息徒兰圃》，收录至《佩文斋书画谱》，可惜真迹无从寻找。《息徒兰圃》当是从嵇康的“息徒兰圃，秣马华山”而来，看来“息徒兰圃”的境界真的是令人向往，连帝王都不例外。想必《息徒兰圃》是人物画，“息徒兰圃”极有画面感，而兰草在画中应是人物的背景。真正的写兰画可以追溯到北宋苏轼的《兰竹苍涯图》，虽然真迹没有流传于世，但从一些题诗中可找到记载。

现存最早的写兰图，是南宋马麟的《兰花图》。这是一幅绢本水墨画，一株幽兰凌虚而出，幽艳清冷，兰叶用细毫勾勒后填上浓墨，花蕊用淡笔轻勾，再加色线，色调清润。整体布局章法严谨，用笔简洁疏淡，花姿优美，清新雅致。现存于美国大都会艺术博物馆。

南宋末年赵孟坚的《墨兰图》，绘墨兰两丛，屹立于土坡中，兰叶逶迤修长，柔美舒放，清雅俊爽。最顶端多向内卷曲，自有一股风流。兰叶与小草间盛开着几朵兰花，仰首向上。全图用笔劲利，笔意绵绵，气脉不断，线条流畅，柔中带刚，画出了兰花清丽、高洁、飘逸的风韵。《墨兰图》是赵氏画兰的经典之作，现收藏于故宫博物院。

赵孟坚，宋宗室后裔，宋太祖赵匡胤十一世孙，具有贵族、士大夫和文人三重身份。兰花以君子意象入画，即始于赵孟坚。赵孟坚曾中进士，官至朝散大夫、严州守，宋亡后，不仕，归隐于广陈镇画兰，以示气节。他的画风笔墨简洁，别有清绝之趣。

另一位画家郑思肖画兰则是借兰以抒情言志，他画兰多疏花简叶，自由挥洒。1306年，宋已灭亡近三十年，这年的元宵节，年近古稀的宋朝遗民郑思肖，在昏暗的灯影中，画下了孤傲冷峻、卓尔不群的《墨兰图》。画中的兰花，无土无根，飘在空中。题款一如既往不落年号，只落丙午年，以此表明自己亡国之民的身份。《墨兰图》是一幅非常抒情的文人写意水墨画，充分显示了郑思肖的创作思想和艺术造诣。几片兰叶，两朵兰花，构图简洁、舒展，花形饱满，兰叶互不交叉，用笔沉稳流畅，挺拔刚劲，婉转富有变化，表现了兰姿挺拔、富有韧性、刚柔相兼之质。

郑思肖的诸多兰画之中，现藏于美国耶鲁大学艺术博物馆的另一帧纸本《墨兰图》，图为长卷。图中所绘兰为一株一花，墨色淡雅，叶片细长瘦韧，孤傲地伸叶吐蕊。画面自题："一国之香，一国之殇，怀彼怀王，于楚有光。”

宋末元初，赵孟坚和郑思肖，两位画兰名家横空出世，亡国臣民，心照不宣地同画《墨兰图》，“赵孟坚绘兰之姿，郑思肖传兰之质”，故有“兰出郑赵”之誉。他俩所作的春兰图，是今天我们所能看到的年代最久远的兰花画卷，也是“兰史”中的经典代表作。自赵孟坚、郑思肖开始，兰花入画就有了忠贞、高尚、洁净的象征，画兰备受文人推崇。

南宋是画兰的孕育、形成时期。1127年，靖康之变，赵构建立南宋，定都临安，就是今天的杭州。江南富庶，本就有着深厚的才子土壤，诗词底蕴深厚，在特殊的时代背景下，文人画和诗词一起兴起；江南又是兰花的故乡，兰的意象在当时的背景下，更有着非凡的意义。于是，兰题材的盛行就成了必然。宋朝灭亡，元朝建立，前朝文人大多选择归隐不仕，亡国之痛的悲愤无处发泄，诗画成了他们表达思想情绪的方式。以画兰寄托君子气节，以兰画寄托傲骨，兰花，便成为文人画中的代表风物，兰画在宋末元初得以兴盛。

扬无咎，字补之，号逃禅老人，又号清夷长者，江西樟树人，两宋之际著名画家。善画水墨梅竹松石，亦画兰。笔墨洒脱，推陈出新，自成一体，名闻遐迩。当时文人画兰，后面往往加以诗文题跋，诗书画一体，充分体现画家的品格、学问、气质和艺术修养。

元代，文人画兰技法渐趋成熟，著名的画兰大家还有赵子昂、管道升和画僧普明等。

赵孟頫，字子昂，号松雪道人，以笔墨圆润苍秀见长。他的《兰蕙图卷》《竹石幽兰图》等，以书法精理画兰，画出了兰的花叶妙趣和风情万种，开创了元代新画风。他主张“作画贵有古意，苍古无意，虽工无益”，同时还提出了“书画同源”的论点。

赵孟頫的夫人管道升，字仲姬，工书画，擅画墨竹梅兰。

画僧普明，号雪窗，于平江出家为僧，以画兰著称，其作品在江南广为流行。和雪窗齐名的另一位画僧祖柏游虎丘时写下诗句：“家家恕斋字，户户雪窗兰。春来行乐处，只说虎丘山。”恕斋，指元朝书法家班惟志。从诗中可知当时雪窗画的兰花风靡江南。至今，雪窗所著《画兰笔法记》在日本有传本。

明代，水墨写意画到达一个新的高度，画墨兰成风，文徵明、周天球、陈元素、王谷祥、马湘兰、徐渭等有成就的画兰大家都画墨兰。

文徵明，初名壁，字征仲，号衡山居士，是鼎鼎大名的“江南四大才子”之一。徐渭字文长，号天地，又号青藤道人，山阴（今属浙江绍兴）人。徐渭八次应试皆名落孙山，一生坎坷，但开辟了大写意画派的一路——青藤画派，他的墨兰图，达到了画兰史上的巅峰，是一代巨匠。

至清代，画兰技法更加成熟，达到极致境界，画兰名家辈出，朱耷、石涛、金农、李鱓、郑板桥、李方膺、汪士慎、罗聘、吴昌硕等各有千秋。书画篆刻大家吴昌硕，也是一位画兰高手。他一生临写石鼓文，以大篆笔法入画，笔意苍老雄强，具有强烈的金石气。他画兰一改古人多用侧锋的传统，用长锋羊毫，中锋运笔，作叶作花，浑厚坚挺，凝重朴茂，卓然成大家。吴昌硕七十岁后画兰最多，淋漓纷葩，力透纸背，炉火纯青，以羊毫篆法自辟蹊径，出奇制胜。

值得一提的是，明清两代涌现出一批画兰的女画家，女画家画兰，自有另一番温婉优雅的笔致和风貌，给笔下的兰花增添了婉约的韵味。前文提到的赵孟頫的夫人管道升，就是其中一位。

马守真，明代著名女画家，小字玄儿、月娇，号湘兰。她画的兰花清秀典雅，或隐于石竹之间，或展于画前，生机盎然，具有名家风范。马守真以画兰之精、画兰之专而名扬江南，因此自号“马湘兰”。她不注重对兰之外在形态的细致刻画，而重在通过对兰的描绘抒发内心之逸气，其笔下之兰具有脱俗的飘逸之气与野趣。

薛素素，字素卿、润卿，又名薛五、雪素，明万历年间人。她的兰花姿态优美，笔致柔润。故宫博物院藏有她的兰竹作品《兰竹松梅图》《兰石图》《兰竹图》等。

顾横波，明崇祯年间人，字眉生，以撇笔画墨兰为人称道，与以画兰著称的马守真难分伯仲。她画兰不袭前人之法，疏花秀叶，清幽典雅。兰叶以没骨写出，行笔流畅，线条飘逸，墨色在行笔中自然显出浓淡、干湿的变化，极富层次感。

骆绮兰，清代嘉庆间女诗人，字佩香，号秋亭。她写诗咏兰，

“每向风前堪寄傲，几因霜后欲留芳”，又喜画兰，以寄孤清之致，有自绘《佩兰图》及《秋镫课女图》。

黄之淑，字耕畹，晚年自号兰娵老人。她是清代一位著名的闺阁女画家，用双钩水仙法画双钩墨兰，她的《墨兰图》被故宫博物院收藏。

至现代，兰花入画已成传统，画兰出现了波澜壮阔的局面，名家画兰成为常态。

兰花入画，是因了兰的植物形态适于画笔和墨的发挥，适于历代文人画家清高、飘逸、内敛的品格体现。自宋后，画兰名家辈出，他们往往也是书法家、诗家、兰家，以兰花的意象寄情寓意，成就了蔚为大观的画兰名作。

兰花画技的发展是由工到写。宋元较写实，画叶细长圆劲，笔法含蓄；明代画叶细秀飘洒，笔意渐放；清代画兰风格多样，大家辈出，成就最高。

俗话说，画兰先沉心，心静兰自开。兰花入画，也是练心。

## 3

文人画兰，大多文雅，兰花的意象，赋予了笔墨浓浓的书卷气息。而我在诸暨的紫阆古村，邂逅画兰大家徐功大笔下的兰花，却与文人画风格迥异。徐功大的兰花画谱《徐淡仙百兰稿》，满溢着原始的山野之气，笔墨之间，散发着浓郁的新鲜泥土的气息。

徐功大名河清，字伟人，号淡仙，附贡生。生于1852年，卒于

1908年。徐氏族人世代生活在紫阆古村，村子四面环山，中间平坦如镜，常年云烟紫气萦绕不散。据传元代有风水大师来此游玩，随口一句“紫府洞天，阆苑仙境”的赞语，后人便把两句首字相合，从此有了“紫阆”的美名。

徐氏族人于北宋时迁居紫阆，以育山种田和造纸为生，耕读传家，到徐淡仙的父辈，开办了“天宝福”易货店，淡仙居家老大，便常以“米家船老大”自号。淡仙毕生专研诗书与绘画，笔墨绝妙，尤其擅长画兰花，被誉为“画兰圣手”。

紫阆村是著名的五泄瀑布的源头，明代徐渭题诗《五泄赋》：“紫阆村中一线微，穿岩入厨浣衣裙，无端泻出两峰间，化与人间作雪飞。”“紫府洞天，阆苑仙境”的环境清幽，雨水充沛，适宜兰草的生长，峰峦清奇间，兰草丛生。徐淡仙是兰痴，上山采兰赏兰沉醉兰香，逗留于高山深壑间，下山艺兰画兰会兰友，吟诗唱和。他还纵论古今，研究各种兰蕙，进行梳理和考证，写出了《兰蕙考》一文。

曦光微露，山峦还罩在缭绕的晨雾中，简衣素衫的徐淡仙踏着露水登山采兰，龙门山脉的高崖绝壁，紫苑山脉的山间小径，都有他的衣袂和踪迹。傍晚，四野生烟时，淡仙匆匆归家，手持一束采集到的兰蕙，就着五泄瀑泄下的水洗净泥土。夜里，点起蜡烛，将兰影投在粉白的墙壁上，缓缓转动，花叶的偏反、整斜、层次就一一呈现出来。他灯下墨磨作画，题诗吟咏。淡仙画兰，用笔墨不仅注重表现花叶，更强调根系的写实，擅长用“露根法”。所以，淡仙的兰花，常整株入画。

徐渭说“师人不如师造物”，淡仙深以为然，并在创作中，不断去感悟和发现。一天，他在自家的问青楼上作画，突然飞雨落在画纸上，一时间，水墨交融，刚刚画下的花叶涨出无数圈痕，好似被月光映亮的露珠一样，画面顿时鲜活起来。他不由得感叹：“雨师即是画师。”他受到启发，将水痕用到画兰中，仔细磨炼，痕间点染处理得空明如晕，独创出“点染露法”。

一生执迷于采兰画兰咏兰，潜心研究画兰花根茎的技法，他自嘲：“淡仙，淡仙，如狂如癫，一枝醉笔，扫尽云烟。”兰痴淡仙，至今在紫阆还流传着很多他的佳话。一日，五泄禅寺的素佩和尚得到了一株奇兰，淡仙闻讯后，急匆匆跑到寺院观赏，只见花根青紫似铁色，枝叶俏丽，不同寻常，见到自己梦寐以求的珍品，淡仙不顾风度，手捧兰花，流连忘返。和尚洞若观火，会心一笑，索性忍痛割爱相赠。淡仙欢喜而去，还不忘作诗回赠：“百炼铁漾身，不与众草伍。”

那年秋天，淡仙刚刚画就两张墨兰图。一幅是花瓣均圆的团瓣兰，一幅是花瓣序密穗状的尖瓣兰。墨迹未干，就有乡邻提着大螃蟹登门，淡仙看看乡人手提之物，再看画上的兰蕙，顿时触发灵感，在画有尖瓣兰花的画上题诗一首：“君送团尖蟹是真，我送团尖花是假，厚厚而来薄薄往，人情如纸遍天下。”嬉笑怒骂的性情跃然纸上。

紫阆属富阳县辖，县城一位老太太擅长写诗，且喜欢养花草，自号灌花女史。有一年，她得一盆品质上佳的兰蕙，便精心培育，但一直未开花。直到第六年，才开出琥珀色的梅瓣，茎短花繁，兰香迷人，她非常自得，便赋诗："幽兰岂必醉乡眠，耐煞花奴六载怜。"淡仙看到后，即兴应和："兰闺清绝爱高眠，除去东风不受怜。"灌花女史看后分外欢喜，又作诗回应，一唱一和，尽显兰友间的心心相通。

淡仙画兰，声名远播，常有兰友诗家慕名求画。有一年初春，淡仙到绍兴访友，一位兰友抱着一坛古越龙山老酒，乐颠颠跑去拜会。淡仙也是酒仙，觥筹交错间，朋友道出求画之意。淡仙抬头看见窗外桃花绽开，春色满园，于是，雅兴大发，笔随风舞，一幅《朱砂兰》一挥而就，并赋诗："写幅兰花谢酒翁，山阴道上醉春风。"

淡仙大半生呕心沥血，1896年中秋，一百幅兰花图定稿，定名为《百兰稿》。百幅兰花，每幅图都配有诗文，诗句清丽文雅，典故轶事信手拈来，中肯切实，入木三分。有对不同地域环境中兰花生长状态的观察，有对古今画兰技法大成的总结，有对人生百态与兰蕙比德的感慨，也有诙谐笑闹之作。智山乐水，思虑清远，趣味横生，淡仙称"诗仙"也是妥帖。

时任桐庐知县冯炳奎也是兰家，看过后，赞曰："妙到毫巅，神活纸上。"绍兴知府霍顺武对"露根法"赞不绝口："创前人未有之奇，示后人独得之秘。"

翌年，俞樾看过兰稿，提笔欣然为《百兰稿》作序。俞樾是清晚期的大学者，字荫甫，自号“曲园居士”，善诗词，工隶书，学识渊博，一生著述不倦，小说笔记撰著颇丰。清末的学者章太炎、吴昌硕、陈伟、陈遹声、蔡启盛、章钰、傅振海、寿锡恭等，都是俞樾的学生。

徐淡仙与俞樾是金兰之交。以“金兰”形容徐淡仙与俞樾，最恰当不过，因为他们结缘于兰花。俞樾和徐淡仙，一个是闻名大江南北的经学大师，一个却是科举制度中最下层的诸生（秀才）；一个名噪一时，一个却是名不见经传；一个曾居庙堂之高，一个长居江湖之远。因为兰花，两个人成了忘年交。徐淡仙小俞樾31岁，但俞樾每提笔写信，都尊称徐淡仙“仁兄大人阁下”，谦称自己是“愚弟”，对淡仙的敬重更见于字里行间。他评价徐淡仙“费数十年心力，于根株之盘曲，蒂跗之高下，洗剔泥土，细玩其肥瘦老嫩，得其自然之致”。

由俞樾作序的《百兰稿》于光绪三十一年（1905年）正式结集成稿，今收藏于国家博物馆。

2020年5月，我走在紫阆古村的江南小巷里，徜徉于村里几十座明清台门府邸，在一些老屋的门板、窗台、桌床、椅凳上，雕刻着许多栩栩如生的兰花图，不经意间你会发现画上题有“米家船老大”“悟空子”“清凉癫子”“五泄七十二峰樵者”的落款，这些淡仙的自号别称，是徐淡仙留在紫阆的痕迹。

在“天宝福”，徐淡仙后人徐永源一直居住的淡仙祖宅里，在徐淡仙后人、诗人徐磊的陪同下，我和朋友东方浩、阿华一起有幸亲眼欣赏《百兰稿》。虽然这是辗转从国家博物馆得来的复制品，但淡仙后人极其看重，徐氏后人每每观画，有净手的传统。我们也遵从徐氏家规，从院子里打来井水净手后，终于得以目睹《百兰稿》风貌。隔着一百多年的时光，来自山野幽谷石下的兰花幽香缥缈，这是最纯净的山野幽香。徐淡仙笔下的兰花，恣意率性，根叶鲜活，或一支一株或一丛或一束，或随性排成蟹形、虾形，或烂漫于山间岩下，变化多端；花朵也是形态各异，如欲语还休的樱珠，如振翅欲飞的翅膀，如八月山蟹张开的蟹钳，如春日梁上燕子的剪尾，妙趣横生。

淡仙生于清末，饱读诗书，文化底蕴深厚，书法功夫非同一般。《百兰稿》中，每每诗书相左，书法笔画时有遵章循规，又端庄秀丽之状；时有飘逸随心、潇洒不羁之态，排列如扇、矩、圆、方之形，古雅遒劲，挥洒自如，被书家推崇，尽得苏东坡和米芾的真谛。

淡仙身处乡野，并无一官半职，他痴迷于兰花，画兰花达到“神妙独到秋毫颠”，是兰花一样的正人君子，是兰花一样的有德之人，更是得兰花君子风华在身的大儒。

徐淡仙倾其一生光阴完成了《百兰稿》,《百兰稿》也是一位爱兰人的爱兰记。

乡野之中，尘俗之外，不知道还有多少画兰人，隐没在时光中。

## 三、闲庭信步

一叶长撇去，一叶又斜生，撇捺横折之间，兰意横生，墨落宣纸。

这是说画兰，这也是说书法。

一片兰叶，是提笔挥毫撇出的一笔，再一笔，又是另一片兰叶，用横用竖，甚至弯钩、点、捺，每一笔都能画兰；起势运笔之间，斜撇的兰叶，横生的兰叶，长竖的兰叶，轻折、小捺、斜点出的花韵清香，笔墨纵横，恣肆洒脱，成就的也是行书、草书、隶书和楷书。

一帖字，也是一帖兰草历历的漫步。

中堂上，一幅兰草图，一袭兰的影子。

中堂上，一帖字，一抹灵动的兰韵，一笔兰草幻化出的风骨。

1

画兰和书法相通，书法和画兰同理同源，难怪古人将画兰称作写兰。

自元代始风行的墨兰画，用单一的墨线画兰，表现兰的风姿，和书法的运笔用墨更是异曲同工。

“日日临池把墨研，何曾粉黛去争妍。要知画法通书法，兰

清　郑板桥　《墨兰》扇面

竹如同草隶然。”郑板桥的题诗，把画法和书法相通之处说得如此透彻。不用艳丽的颜色，不用画出争奇斗艳的样子，画法和书法相通，郑板桥把草书隶书的书法笔法用到了画兰竹中，又把画兰竹的笔法用到书法中去，“创为真隶相参之法，而杂以行草”。在楷书和隶书的基础上，再加入行书草书的写法，将兰竹笔法融于其中，穷极变化，既蕴含古意又灵动洒脱，创立了板桥体——六分半书。

他有意识地突出长撇、长捺、中竖，以兰竹的运笔，尽显秀润清劲，精妙绝伦。郑板桥又把“乱石铺街”的画兰法用到书法中，把画中题款和画面浑然一体的理念注入书法的章法之中，打破了行距与字距的界限，不以行行垂直，而是偏正交合，大小错乱，宽窄皆有，甚至东西倒斜的自由布局，但整体看上去自有气度和韵律，有一气呵成“显落银河之感”。用凌乱营造出变化多端却不违和的洒脱美感，用横溢的才华撑起自己不羁的风格，著名词曲家蒋士铨这样赞他：“板桥写兰如作字，秀叶疏花见姿致。”

“作字如写兰”，“写兰如作字”，书画同源，在郑板桥这里融合得如此自然，画兰讲究行款、浓淡、疏密，书法中更是应用得贴切而到极致。如第一个字的末笔与第二个字的起笔不一定相连，但笔意要贯通，要有浑然一体的气势；一丛兰花的偃抑、低垂、重叠等多种生动的形态，应用到书法的笔势和结构中，一笔书，一笔画，是板桥先生的独创。

借舒展的兰叶展现书法的笔意，把兰花简洁的瓣型和柔美的线条，超乎寻常的自由、飘逸、洒脱的文人气质皆融进书法中。兰意，走进书法，君子风骨，尽显于书法的风骨中。

汉字是象形文字，后汉大书法家蔡邕曾云：“凡欲结构字体，皆须像其一物，若鸟之形，若虫食禾，若山若树，纵横有托，运用合度，方可谓书。”每一个汉字不仅来源于事物表面的形象，更蕴含着深层的对生命的理解，画兰技法，给书法艺术的不只笔法的创新，兰花那修长优美俊逸的叶片，刚柔交加的线条，舒展自在的结构，优雅姿清的气质，让书法艺术中有了行云流水的张力。

那一片片兰叶、那灵动的花瓣，从此，成了汉字的笔画，成了汉字的偏旁，成了汉字的部首，幽幽兰韵，被汉字的笔法含着，成就了书法艺术中的蔚然气象。

兰草的步法，在书法的笔意中翩跹。

2

将绘画技法融入书法，郑板桥却不是第一人。

写《书幽芳亭》的黄庭坚，爱兰到极致的黄庭坚，是北宋著名文学家、盛极一时的江西诗派开山之祖，与苏轼齐名，二人并称“苏黄”。他还是书法大家，擅行书、草书，被后世评为“纵横奇崛，波澜老成，且收放自如，突破方正均匀”的体例，与苏轼、米芾、蔡襄并称“宋四家”。他的行书以“画竹法作书”，将画竹的笔法用到书法中，和画竹一样起笔、回笔、顿腕、跳转，有时如“阵云之遇风”，来去迅速，如行云流水，让人沉浸在笔画间，有

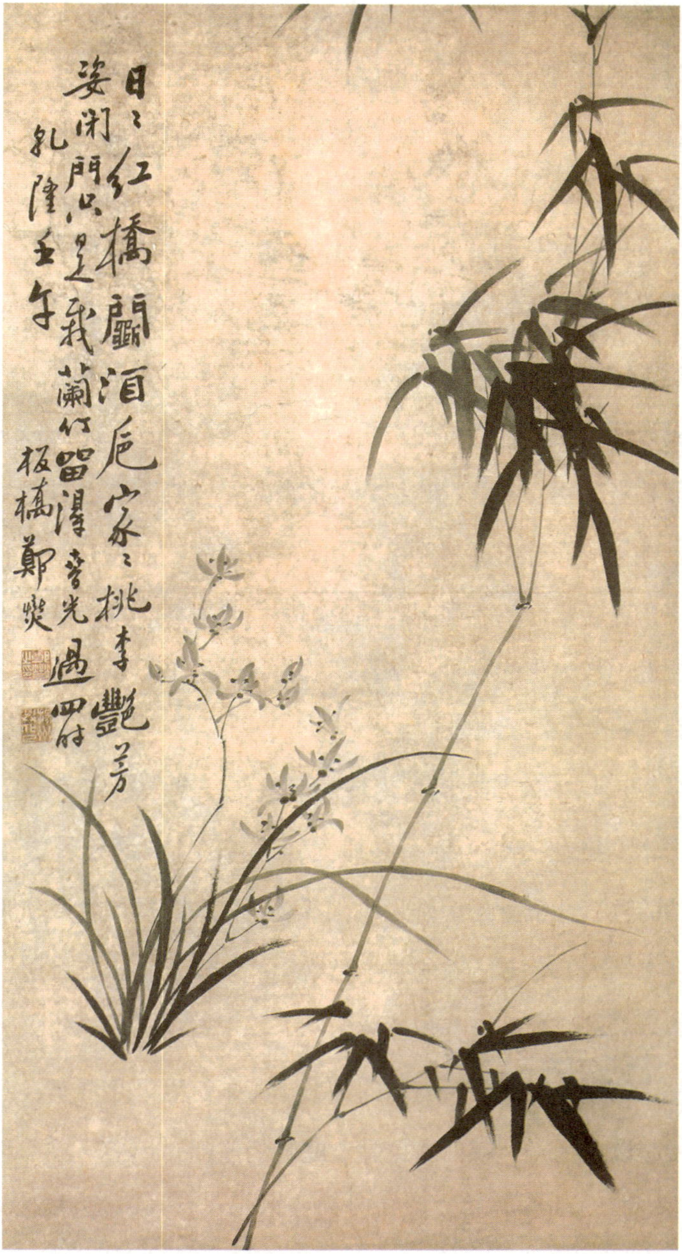


清　郑板桥　《兰竹图》

沉着畅快之感。他的书法作品，无一不是杰作。

黄庭坚是洪州分宁人，也就是如今的江西省九江市修水县。那里属赣西北山区，雨水充沛，气候温润。境内有幕阜、九岭两大山脉，遍生兰蕙，他从小沐浴在清幽兰香中长大。黄庭坚少时师从孙觉，孙觉的家乡兰溪更是盛产兰花。孙觉有个聪明贤惠的女儿，擅绣兰花，被封为县君，因为喜欢兰花成为黄庭坚的知音，嫁与黄庭坚为妻，伉俪养兰爱兰，感情深厚。孙氏27岁时染病去世，从此，兰花成为黄庭坚思念妻子的寄托。

黄庭坚爱兰、养兰、咏兰，他的散文《书幽芳亭》写尽兰花的君子风骨，他的一生也与兰花结下了不解之缘，兰花的仙姿和风骨深深印在黄庭坚的生命中。黄庭坚谪居涪州时养了许多素心兰蕙，陪他度过了最艰难的岁月。终日以兰为伴，读书、赋诗、莳兰伴随了黄庭坚一生。

58岁那年，被贬并历尽坎坷的黄庭坚受到宋徽宗垂爱，奉诏书写《幽兰赋》。《幽兰赋》是唐人韩伯庸的应举之作，赞颂了生于幽谷的兰草，虽身处偏僻之地，不被世人理睬，仍然繁茂葱郁，兀自姿态端方、含芳吐秀的君子品格，并以幽兰和萧艾对比，歌颂忠正廉洁的贤臣，贬斥弄权作弊的小人，寓意深远。韩伯庸《幽兰赋》一文的创作时间与黄庭坚的《书幽芳亭》隔了几百年，一起咏兰，一起以兰为寄，韩伯庸也是黄庭坚的前朝知音了。

一生爱兰的黄庭坚，晚年时仕途不得志，更是爱兰如命，莳兰，艺兰，兰草是黄庭坚的魂和魄，一朝得到奉诏书兰的机会，便将一生所学，倾注于《幽兰赋》的书写中。

宋徽宗赵佶是一代书画大家，在初登皇位、踌躇满志之时，有感于宋王朝内忧外患，帝王的政治抱负和文人的气质风华，在《幽兰赋》中相触相碰，“生理未衰，采掇何晚。幽名得而不朽，佳气流而自远。薄秋风而香盈十步，泛皓露则花飞九畹。岂众草之敢陵，幸移根三未晚”。这说的似乎都是宋徽宗赵佶的心声。赵佶命黄庭坚书《幽兰赋》，抒发的是一代帝王的情志。黄庭坚倾尽毕生功力，与前朝知音韩伯庸隔着几百年的时光遥遥相望，宋徽宗赵佶、一代书法大家黄庭坚、唐朝文人韩伯庸因兰知遇，成就了书法瑰宝《幽兰赋》。

《幽兰赋》为大字行书，字体气势雄浑，笔触间“如棉裹铁”，又意趣横生。通篇写得大起大落，四面开张，大小错落，大字逾尺，小字盈寸。避让得当，常运用移位的方法，打破单字之间的界限，使笔画线条形成新的组合，节奏变化强烈，错落有致，有“大珠小珠落玉盘”的意境，极富韵致。与黄庭坚前期书法作品相比，《幽兰赋》书帖在飘洒俊逸的基础上更加苍劲有力，用笔纵横奇崛，以长横长竖、大撇大捺见功力，是黄庭坚“闪光”之作，也是他的得意力作，其间气韵风骨，独步古今。

黄庭坚爱兰如命，兰的姿容形貌早已深印在他的心里，“长横长竖，大撇大捺”的用笔借了兰的叶、兰的形，借了兰的姿态、兰的舞步，兰姿雅韵幻化成笔墨飞舞，写尽了兰的恣肆风流。

兰，成就了黄庭坚，成就了一帖雄浑飘逸的《幽兰赋》。

3

“世人尽学兰亭面，欲换凡骨无金丹。谁知洛阳杨风子，下笔便到乌丝阑。”黄庭坚最为推崇王羲之的《兰亭集序》。这首诗是赞五代书法家“杨风子”杨凝式的《韭花帖》，下笔便得了王羲之《兰亭集序》笔意。得了《兰亭集序》的笔意就得到黄庭坚如此盛赞，黄庭坚这是爱屋及乌，由此更看出他对《兰亭集序》的推崇也是达到极致。

世上有多少人在学书，就有多少人在临《兰亭集序》。

《兰亭集序》帖，让多少人仰望，又让多少人叹为观止。

兰亭，因兰渚山的兰草得名，又因了一帖《兰亭集序》，在历史的长河中闪闪发光。

那是东晋的高光时刻，在后世文人的频频注目中，一场兰亭雅集从久远的昏黄的历史册页中明亮起来。

永和九年（353年）的那个春天，天气晴好，阳光给江南大地，给连绵起伏的会稽山脉涂上一抹温润的金边。春风中，兰渚山上的兰草轻摇，摇出漫山遍野的幽香。山峦起伏的背景中，一片茂密蓊郁的竹林边，四十一位风流倜傥的才子散坐在蜿蜒曲折的溪水两旁，一边饮酒赋诗，一边倾听茂林风声，溪水淙淙，草长莺飞，兰香氤氲，正是江南好时节，水光潋滟，在光影中迂回，刀光剑影都被隐去了，这一刻只有时光静好。

后世文人无数次地看过来，那一刻越发清晰，清晰得能看见他们身上的衣衫、脸上的笑容，我甚至看见了我的山东老乡王羲之，他被江南柔和的风吹着的侧脸，朝向兰渚山上的一片兰丛，荡漾着一抹舒心的笑，司徒谢安、辞赋家孙绰、恃才傲物的谢万、高僧支道林，还有庾蕴、孙统、郗昙、许询、支遁、李充、袁峤之、徐丰之……江南的才子真多啊！东晋的名士真多啊！斟酒的羽觞放入澄澈的溪水，顺流而下，觞到哪一位才子面前，哪位就停下清谈，就着大好春光，赋诗一首，或者罚酒三杯。

隔着一千多年的时光看过去，每一个细节都越发生动，一觞一咏，无丝竹管弦之盛，只有溪流清澈湍急，像飘拂的带子一样环绕着兰亭。还有兰草的幽香缭绕，兰渚山可是兰草的圣地啊，春兰盛开的时节，那一片芬芳，是天下才子狂欢的铺垫，魏晋风流在那一刻纵情挥洒，达到极致。

曲水流觞，饮酒赋诗。夕阳西下，酒意阑珊，四十一人吟诗三十七首，集录成集，王羲之乘着酒兴，挥笔写序，写下了名震千古的行书《兰亭集序》：

> 永和九年，岁在癸丑，暮春之初，会于会稽山阴之兰亭，修禊事也。群贤毕至，少长咸集。此地有崇山峻岭，茂林修竹；又有清流激湍，映带左右，引以为流觞曲水。列坐其次。虽无丝竹管弦之盛，一觞一咏，亦足以畅叙幽情。是日也，天朗气清，惠风和畅。仰观宇宙之大，俯察品类之盛，所以游目骋怀，足以极视听之娱，信可乐也……

序文仅有三百多字，文风清丽，雅致和美，笔墨生情，风流驰骋，一纸书法风华绝代，遒媚劲健，酣畅淋漓，在泱泱世间天马行空。

首都博物馆收藏了一件南朝时期的青釉羽觞，东晋之后就是南朝，这只南朝的“觞”，就是东晋曲水流觞的那只吧，弧腹，平底，两侧有耳，釉面莹亮。当它在溪水中随波逐流、旋转的时候，当它被才子们高高擎起、一饮而尽的时候，兰渚山上吹过来的风拂动宽大的袍袖，兰香盈动，别有一番风流。

一件小小的酒器，盛放着魏晋遗风，盛放着一觞兰香，让后世文人频频回首，沉醉于永和九年的那个春天，不忍离去。

那一天是353年的三月初三，上巳节。那一天诞生了旷古烁今、艺文双绝、千载不朽的《兰亭集序》。

王羲之以“天下第一行书”之名声闻天下。王羲之也爱兰如命。他日日对着兰草，体察一株兰的姿形，一片兰叶的弧度，当风吹过来，他在迎风飘拂的疏离兰叶、花瓣轻摇中体会细微的走势，他流连于兰渚山上，沉迷于兰香悠远，精研书法体势，从婀娜多姿的兰草幻化出书法之道，由兰姿兰韵悟出因字生姿，因姿生妍，因妍生势，将兰叶变换的各种姿态运用到笔画中，使书法结构、笔法、章法的技巧达到了神韵生动、随心所欲的化境，创立了飘逸流畅、妍美遒媚的书法字体。

汉字的妖娆，在王羲之的笔下尽情挥洒。

飘若浮云，矫若惊龙，形容的是王羲之的字，也是兰渚山上的兰草。

一帖《兰亭集序》，就是时空中，一株兰草的袅娜信步。

## 四、兰音渺渺

公元前495年的夏天，一辆马车踽踽行进在从鲁国国都曲阜去陬邑的路上，车上的孔子心情郁结，国君鲁定公去世，他从卫国特意赶回鲁国奔丧，却被排斥在葬礼之外，只能郁郁而归。天气阴沉，雨声淅沥，孔子一路伤怀，心情更加沉闷，突然，一缕沁人心脾的幽香传来，他情不自禁循着香气看过去，幽谷边的崖壁上，一株兰花袅娜于草丛里，风姿绰约，临风盛放。他不觉精神一振，于是，下车，操琴，席地而坐，对着一条幽深的山谷，一丛幽香的兰花，散乱的思绪，清冽的乐音，和兰香一起缥缈而起——

习习谷风，以阴以雨。
之子于归，远送于野。
何彼苍天，不得其所。
逍遥九州，无有定处。
世人暗蔽，不知贤者。
年纪逝迈，一身将老。

山谷里的风习习吹来，天阴下着雨。他故去了，我只能远远地在山野送他……

一曲《幽兰操》，历经两千五百年，余音不绝。

旷谷清风，一抒胸臆；高山流水，一寄知音。曲调和缓、平和之中，不得志的喟叹、无人识的怅然，一泻而出。琴声浩渺，给山水，给大地，留下了“兰，当为王者香”的仰天长叹，也为后世文人写下“芝兰生于深谷，不以无人而不芳；君子修道立德，不为困穷而改节”的君子之道。

一曲《幽兰操》，一曲为兰花而奏的绝世琴音。

一曲《幽兰操》，孔子一生追求而不得的慨叹。

孔子重乐，擅琴，《史记·孔子世家》详细记载了孔子向襄子学琴的故事：

> 孔子学鼓琴师襄子，十日不进。师襄子曰：“可以益矣。”孔子曰：“丘已习其曲矣，未得其数也。”有间，曰：“已习其数，可以益矣。”孔子曰：“丘未得其志也。”有间，曰：“已习其志，可以益矣。”孔子曰：“丘未得其为人也。”有间，有所穆然深思焉，有所怡然高望而远志焉。曰：“丘得其为人，黯然而黑，几然而长，眼如望羊，如王四国，非文王其谁能为此也！”师襄子辟席再拜，曰：“师盖云，《文王操》也。”

练一首琴曲，达到指法娴熟了，孔子不停歇；得其神韵了，孔子还不停歇，直到沉浸其中，看见一个人神态黯然，肤色黝黑，清瘦高挑，两眼如炬，以一派帝王之气，端坐在那里。

那是他崇敬的文王，和他在琴音里对坐，清谈圣德之声。

孔子，一代古琴大家，弹一曲《文王操》，直达琴意，在琴曲里与文王心心相印，到达隔世知音的境界；弹一曲《幽兰操》，空谷里，兰香馥郁，大音希声。

兰花遇上古琴，风吹袍袖，须发纷飞，雨丝为弦，幽幽兰香化为天地间清绝的乐音。

《幽兰操》又叫《猗兰操》，东汉蔡邕收入详尽介绍古琴曲的专著《琴操》，后世文人追随着至圣先师的春秋兰音，隔了百年千年的时光，遥遥唱和，后世不乏写《猗兰操》或者《幽兰操》诗词的学者大儒。

唐代崔涂的《幽兰操》：

幽植众能知，贞芳只暗持。
自无君子佩，未是国香衰。
白露沾长早，青春每到迟。
不知当路草，芳馥欲何为？

宋代曹勋的《猗兰操》：

猗嗟兰兮，其叶萋萋兮。

猗嗟兰兮，其香年披披兮。

胡为乎生兹幽谷兮，不同云雨之施。

纷霜雪之委集兮，其茂茂而自持。

猗嗟兰兮！

清代陈廷敬的《猗兰操》：

猗猗其兰，乃在空谷。

我行四野，奚处奚宿？

其兰猗猗，幽幽其香。

杂彼蕃芜，我心相羊。

兰其如何？维霜及霰。

时节晚暮，不我能见。

子不我见，我心则夷。

悠哉以老，乐天弗疑。

最得《幽兰操》神韵，备受后世文人推崇的是一千二百年后，韩愈的唱和：

兰之猗猗，扬扬其香。

不采而佩，于兰何伤？

今天之旋，其曷为然。

我行四方，以日以年。
雪霜茂茂，荠麦之茂。
子如不伤，我不尔觏。
荠麦之茂，荠麦之有。
君子之伤，君子之守。

韩愈还作序说：“孔子伤不逢时作。”伤不逢时的是孔子，伤不逢时的也是韩愈，伤不逢时的还有历朝历代多少文人士子，“不采而佩，于兰何伤”。幽幽兰香，从春秋时代那条从曲阜去郰邑路上的幽谷被琴音带出，如滴墨行走宣纸，宫商角徵羽慢慢化开，产生的共鸣激荡着山川大地。

2010年，电影《孔子》上映，王菲天籁般的嗓音，演绎出韩愈这首《幽兰操》古琴曲的空灵，合了兰的幽香，加入古筝的清凉淡雅，将我们带回两千五百年前的那个幽谷，那个下着雨的夏天，再现了当谷操琴的孔子的神韵。这是一首曲子，也是一幅流动的水墨画，以琴音兰香为墨给孔子画一幅横亘古今的大写意。

著名作曲家赵季平先生也为《幽兰操》创作了一首古曲，他用自己的音乐语言把孔子以兰喻己、言志演绎开来，全曲以古琴、女声两种音色融合，娓娓道出兰的意境，塑造了以仁治国的孔子的形象。男中音歌唱家廖昌永倾情演绎了这首《幽兰操》，古意古风扑面而来。

音乐无涯穿透时光，兰香悠远连接古今。孔子的《幽兰操》

曲谱没有流传下来，我们已无缘聆听，只留下《幽兰操》诗词让我们回味。而古琴名曲《佩兰》，如石上清泉，深涧清音，以弦弦切切，为我们演绎了兰不染尘俗的美好。

据《春草堂琴谱》记载，古琴曲《佩兰》相传作者为毛敏仲。毛敏仲，南宋古琴大家，名逊，三衢（浙江衢县）人。毛敏仲的古琴曲颇多，如《列子御风》《樵歌》《渔歌》《山居吟》等。

《佩兰》取屈原《离骚》名句“纫秋兰以为佩”诗意，曲调清淡质朴，是他言志之作。

《天闻阁琴谱》记载：“战国时，有灵虚子者，游嵩山，遇羽人鼓琴石窗之下，鹤舞于庭，兰馨于室，延入晤语，因授以清羽之调，名曰佩兰。”“鹤舞于庭，兰馨于室”中鼓琴，一曲《佩兰》更是馨香之音吧。

《五知斋琴谱》更是将《佩兰》曲誉为“九霄环佩之声”。

我一遍遍听着这首古琴曲淡雅清越的琴音，每一个音符都透出凛然傲骨的气质和扣人心弦的魅力。我一遍遍听着，想如孔子一样看看琴曲的主人是不是也是衣袂飘飞、风姿清绝，我想触摸他瘦长的指尖，是不是有珠玉一样的质感？

古琴，又称瑶琴；古人削桐为琴，练丝为弦，因而古琴又称丝桐。七根琴弦，弹拨着深邃神秘的古文化，自古就有“伏羲制琴”“神农制琴”“舜作五弦琴”的传说，司马相如得传世名琴“绿绮”，一曲《凤求凰》，引卓文君倾慕；诸葛亮城台上弹奏一曲，一出空城计，退兵四十万；俞伯牙一曲《高山流水》得遇知音钟子期，钟子期去后，引出“伯牙绝弦”的典故……

古琴文化蕴涵了天地万象，古人认为，操琴通乐可达天人合一的境界，是君子修养的最高层次，古琴弹奏的是天地大音，琴声中能领悟空灵大智，从春秋到战国，古琴以琴瑟而歌的“弦歌”成为士族文人修身之乐。《诗经》中多有古琴的记载，如“琴瑟在御，莫不静好”，“窈窕淑女，琴瑟友之”等，琴声在耳，就是岁月静好。

据记载，我国存世最古老的古琴曲谱是《碣石调·幽兰》。“碣石调”是指曲调形式，“幽兰”则是指乐曲所表现的内容。《碣石调·幽兰》用文字记谱得以传世，详细记叙了弹琴的指法和弦位，如左手按某弦某徽，右手如何弹奏等。“文字谱”也称“手法谱”，是古代最早的记谱形式。

《碣石调·幽兰》是唐代人的手抄本，能流传下来非常不容易。谱前记有一序：“丘公字明，会稽人也。梁末隐于九嶷山，妙绝楚调，于《幽兰》一曲，尤特精绝。”这段文字说明这曲《碣石调·幽兰》的作者是南朝梁国人丘明，用深谷幽兰抒发了文人隐士的清高。

古人抚琴，以在大野、在幽谷为大境界，要是再有一丛春秋的兰草就更是尽善尽美了。

临风抚琴，琴音缥缈，兰的叶片在清风中轻摇，如拂动的长袖，兰花灵动的花朵袅娜，在醉意迷离的目光里，如莲步轻移，兰的气质与琴的音律融为一体。

空谷风声中，兰香氤氲，那是一首缓慢有致的古琴曲，山野的宽袍大袖拂动，日月为弦，兰的手指凌空撩拨着若有若无的音符……

一把古琴，一条幽谷，一曲空谷兰音，缥缈而来，缥缈而去。

## 五、兰舞翩跹

昆曲，我国传统戏曲中最古老的剧种之一，是戏曲艺术中的珍品，被称为戏曲艺术百花园中的一朵“兰花”。

几百年来，昆曲散发着兰花般的清香，在江南的亭台楼榭、园林飞檐间袅袅娜娜，吴侬软语的婉转唱腔、隽永清雅的唱词、柔婉如兰的身段，构成了一幅幅如梦如幻美不胜收的画面。

“昆曲无他，得一美字：唱腔美、身段美、辞藻美，集音乐、舞蹈及文学之美于一身，千锤百炼，炉火纯青，早已达到化境，成为中国表演艺术中最精致最完美的一种形式。”白先勇先生说出了昆曲的真谛，就是“美”。美得典雅，美得脱俗，美到了化境。

清新脱俗，雅致优美。昆曲又被称作昆腔、昆剧。600多年前，南戏传到苏州昆山，与江南当地的音乐、歌舞、语言糅合生成了新的唱腔剧种，又吸收了北曲及海盐腔、弋阳腔的长处，形成了委婉细腻、流丽悠长的“水磨调”，昆曲由此脱颖而出。

昆曲是吴越文化凝结而成的一颗明珠。昆曲的美如兰花，幽香，清雅，虽不浓烈却隽永绵长。

## 1

昆曲艺术历史悠久，有传统戏曲艺术的“活化石”之称。集诗、词、歌、赋、曲于一体，糅合了唱念做打、舞蹈及武术等形式，以曲词典雅、行腔婉转、表演细腻被称为“百戏之祖、百戏之师”，又以严谨、规范、细腻的表演，被称为“戏曲表演教科书”。

“水磨调”是昆曲唱腔的底色，拍子放慢，节奏放缓，一字之音要几次调整喘息才能唱出那种柔肠百转，优美的旋律中恰到好处地调和进花腔元素，音色如江南水磨糯米粉一样细腻，又像小桥流水打磨玉器一样雅致轻盈。

水磨调的雅致和江南的雅致如出一辙，和兰花花容叶姿的雅致如出一辙。

魏良辅，嘉靖年间杰出的戏曲音乐家，他成功研磨了“水磨调”风格，被奉为“昆曲之祖”。魏良辅著有戏曲演唱理论著作《南词引正》，其中载：“元朝有顾坚者，虽离昆山三十里，居千墩。精于南词，善作古赋……善发南曲之奥，故国初有昆山腔之称。”

南戏也叫南词，也称南曲。顾坚，一代南曲大家，距昆山三十里的千墩人。据史料记载，“顾坚，字颋玉。天生歌喉，自幼从姑母学曲习唱。常与‘风月福人’杨铁笛、‘风月主人’倪云林、‘风月异人’顾阿瑛交往。因此自号‘风月散人’”。元末，南戏传到苏州昆山的时候，也是江浙兰蕙“堪能入画”被文人墨客推崇并在江浙盛行的时候。那时的江南，才子名士相聚，吟诗赋曲书画不一而足，昆山顾阿瑛的玉山雅集，更是江南名士才子的盛会。杨维桢、倪云林、高则诚、柯九思、李孝光、袁华、顾坚等一大批名流雅士，纷纷从会稽、无锡、天台、永嘉等地赶来昆山参加玉山雅集。杨铁笛，即杨维桢，元末诗坛领袖、书法家；倪云林，画家，诗人，也是一代画兰大家；顾阿瑛，江南才子，名动江南的玉山雅集的召集人。顾阿瑛家产颇丰，在家乡玉山修建了二十四处景点组成园林，称为玉山佳处，也称玉山草堂。他在此举办雅集，长达33年的时间，聚集了元末天下名士，从本地文人，到江南才子，再到流寓、游学、仕宦而经过吴中的南北人士，以及慕名而来的名士，有蒙古人、色目人，也有释、道两教中人；既有诗人，也有书画家和戏曲家。诗词歌赋，琴棋书画，宴饮赏曲，顾阿瑛和一众名士引以为乐事。天生歌喉、精于南词的顾坚的琴曲唱和，在玉山雅集风行，戏曲大家顾坚的演唱中，慢慢将昆山当地语言和唱曲元素融进南词，吴侬软语演唱的南词更具魅力。“昆山腔”就这样萌芽，生长，初具雏形。顾坚演唱，众多名士才子品鉴、揣摩，唱和、作曲、赋诗，曲调唱词不断改进，加快了昆山腔的发展。

无论是吟诗唱和，还是琴棋书画，都有兰花的幽香和身影在侧。那是江南兰蕙盛行，文人雅士爱兰艺兰之风盛行的时代，古典园林以幽兰为美学元素之一，二十四处景点组成园林的玉山佳处，一定设有兰苑，厅堂中，案几上，假山后，檐廊下，小径边更是幽兰丛生。玉山雅集名士才子中多有爱兰人，其中的倪云林等名士更是画兰大家，文人和兰花的故事在这里演绎。

南词和兰花在江南相遇，从南词到昆曲，一路伴随着兰花的清雅气质，和江南的才子风流。

玉山雅集，名士才子吟诗唱和，也使昆山腔一经形成，就集诗、词、歌、赋、曲于一体，集合了江南才子的斐然文采。

从《诗经》到唐诗宋词，内在的韵律美是中国诗词的灵魂。而翻开昆曲的唱词本，其文辞之优美、韵律之动人，更是得了中国古典诗词的神韵和精华。

## 2

自玉山雅集萌芽，昆山腔风行于江南，魏良辅的“水磨调”将昆山腔打磨得更加精致，一句唱腔、一个动作、一个眼神、一个音符，令人回味无穷。才子佳人都以吟唱昆曲为雅事，常常相聚唱曲评曲。明清时期的江南，文人唱昆曲、写昆曲成为风尚。

制作兰雪茶的张岱，便是一位戏曲大家。张岱著有《陶庵梦忆》，对明末昆曲多有记载。他在《张氏声伎》一文中记载了张家有四五个戏班，大都是昆班，张氏声伎名动江浙。《范与兰》一文中，张岱记载了家班里的一位琴师范与兰，不只琴弹得好，还爱兰如命，是一位爱兰又爱昆曲的清高之士。

画兰大家徐渭，也是著名的戏曲家和评论家，他编撰了戏剧理论专著《南词叙录》，著有剧作《四声猿》，还将兰花的高洁、清幽人格化，运用到《四声猿》中的短剧《木兰从军》里。

明清两代，兰花和昆曲相伴相随，文人墨客以兰花喻昆曲。而昆曲中人也以兰自修，画兰、咏兰、赏兰，融入文人的聚会，很多昆曲名角也是艺兰画兰大家。

王湘云，昆曲旦角演员，多才多艺，演戏余暇，寄情笔墨。擅长画墨兰，“笔法娟秀，艺林赏之”。王湘云尤为喜欢在折扇上绘墨兰，他的墨兰图得到很多文人墨客推崇并题诗相赠。

昆曲大家和演员中多以“兰”做艺名，如张兰官、张蕙兰等，这个传统也在京剧继承下来，很多京剧名家也多以兰为艺名，如露兰春、李兰亭、叶盛兰等。

著名京剧表演艺术家梅兰芳，字畹华。梅兰芳一生爱兰画兰，山西省博物馆收藏有《梅兰芳墨兰真迹》画册，收录梅兰芳先生水墨兰花十二幅。十二幅兰花仪态万千，飘逸柔美，钤有“兰芳画印”“宛华”等印章。君子兰韵，也是梅先生一生写照。

梅兰芳先生和昆曲渊源颇深，祖父梅巧玲先生是昆曲大师，梅先生曾说过“我家从先祖起，都是唱昆曲的”，梅先生也是以昆曲打的艺术根基。昆曲经魏良辅加入“北曲”调子形成“水磨调”后，梅兰芳先生更是将昆曲唱到了巅峰，梅先生自创的五十三式兰花指从昆曲而来，通过变化多端的手势，表达喜、怒、哀、乐，风情万种，颠倒众生。

兰花花朵千种灵动，其梅瓣、荷瓣、水仙瓣、蝴蝶瓣型、素心瓣型等各种瓣型，肩瓣的各种姿态，舌瓣、唇瓣的变化多端，花瓣的或舒或卷，都令爱兰人赞叹不已。而无论如何千变万化，兰花大多花开五瓣，三瓣外放，二瓣内抱，和人的纤纤玉手对应，当爱兰人沉浸于兰花的姿美中，以至于到忘我之境时，蠢蠢欲动的手指情不自禁临摹花瓣的姿态、舌瓣的风情，“兰花指”便幻化而出。

兰花，因素有花中君子的美誉，所以“兰花指”又名“君子指”。古人素有翘兰花指的传统。据传魏晋时，文人士大夫中流传一本《兰花品藻》，专述兰花指，魏晋时将兰花指视为男子“专利”，是君子儒雅的气质和情操的标志。

兰花指指法繁复，有上翘下翘、前翘后翘、左翘右翘、正翘斜翘，等等，再辅以不同的角度和动作的快慢，曼妙多姿，令人目不暇接，又有“钩似圆月，柔若无骨，白如玉石，瘦胜麻秆”的口诀传世。

当代戏曲大家马紫晨先生在《中国豫剧大辞典》中解释“兰花指”：“取自植物‘兰花’的自然形态，拇指搭住中指梢尖，余三指伸直，食指用劲，软而有力。小生、小旦常用。”从昆曲，到京剧，在戏曲界各个剧种的旦角身上，兰花指普及开来，为一代又一代的国人展现了戏曲艺术的无限魅力。

梅先生经典的五十三式兰花指，护蕊、滴露、含苞、映水、避风、双翘、含笑、散馥、斗芳、映日、吐蕊、含笑、垂露、舒瓣……每一式都是兰花的风情，每一式都是兰花的姿态，一指一点，一翘一转，手指的舞蹈间都是兰花的幽香。

## 3

古建筑园林大家陈从周先生爱兰花，爱昆曲，并擅长画兰，他在《春兰乍放话昆曲》中说：“昆曲兰花，同一格调，同一品德，淡远，含蓄，有文学味”；在《说兰》中说：“江南人爱兰花，在庭院拍曲，那是最高尚的文娱生活啊”。他写昆剧演员梁谷音：“谷音也是与兰花一样，不但产地相同，而且性格也相似，她演戏时台上的手姿，可说是柔美雅洁等如兰花，我在绘画上写兰花，以她的手姿作为范本，这是谁也想不到的事。”兰花指临摹了兰花的姿态和风情，并幻化而来，陈从周先生据梁谷音的兰花指来画兰花的姿态，兰花指和兰花也是到了惟妙惟肖、心意相通的化境。

兰花如昆曲，昆曲如兰花，兰花和昆曲神韵契合，兰花更是随时随地现身在昆曲艺术的舞台上。布景、屏风、帷帐、门帘等，兰花的纹样比比皆是，在软性道具如手帕、椅披和旦角、小生等的服装中也绣有精美的兰花图案，以衬托人物个性。《牡丹亭·游园惊梦》中，杜丽娘的花披和衣裙上绣着兰花，并有几只蝴蝶翩翩起舞，从而烘托柳梦梅和杜丽娘奔放的爱情。而旦角手帕上的兰花，则体现了人物雅洁隽秀的个性。兰花成为古代艺术家塑造人物形象的最高境界。

从明代中叶，到清代嘉庆年间，昆曲蓬勃兴盛了起来。明万历年间，昆曲的影响范围以姑苏城为中心扩展至长江以南和钱塘江以北。万历末年昆曲流入北京，从此独步剧坛几百年。这也是兰蕙兴盛的时间，昆曲一路走来，兼收并蓄、博采众长，兰花形影相随。

原来姹紫嫣红开遍，
似这般都付与断井颓垣。
良辰美景奈何天，
赏心乐事谁家院？
朝飞暮卷，云霞翠轩，
雨丝风片，烟波画船。
锦屏人忒看的这韶光贱！

杜十娘婉转的唱腔、儒雅的念白，响在耳边。

“动”是昆曲的特色，每个句子甚至一词一字都有固定的身段和表情来演绎，“唱”与“舞”巧妙地融合出如兰一样的千种风流，万种姿态。

绝美的唱词，吴侬软语缠绵在耳畔，咿咿呀呀地令人陶醉。

长长的水袖如舞动的兰叶，水磨调婉转缠绵唱出了兰花的神韵，一颦一笑间，散发出风过兰丛的清香。

衣袖纷飞，鬓影依稀。摇曳的身姿，飘逸的裙裾，台上唱的是昆曲，台上也是一丛兰花的翩跹舞蹈。

# 第四章

## 兰之为镜

一个意象，一缕幽香，从我们的文化史上凸现。兰，已经成为一种气质、一种精神。从孔子说出“与善人居，如入芝兰之室”之时起，“芝兰之室”已是一面镜子、一种境界，千百年来，揽镜观照的，是君子的品行。

君子爱兰，以兰为镜，修君子的德行，修君子的风骨。

## 一、兰花经

从兰花临世，进入文字记载后，艺兰、赏兰、品兰的文字和书籍，都可以用“汗牛充栋”来形容了。

种兰，养兰，莳兰，艺兰，记下兰花的株形叶态花容，记下兰草的一摇一曳，记下栽兰的经验、种兰的心得。

记下每一品、每一丛、每一盆、每一株，记下抽蕊，记下花开，记下芽变，记下每一个节点，记下每一个似有似无的细微的变化。

记下采兰的山峦，那一条幽谷、那一朵白云、三两个雨点、一阵清风、半缕清雅的香气。

记下那年、那月、那一天、那一次遇见、那一声心跳。

记下兰的行迹、君子的品行、爱兰人的信仰。

岁月悠悠，几千年的艺兰史，爱兰人积累了丰厚的艺兰经验，沉淀进绚丽多姿的兰花典籍。

兰典、兰谱、兰言、兰图、兰说、兰录，这些艺兰经，也是兰花的经书。

## 1

1233年，南宋赵时庚的《金漳兰谱》问世。这是我国最早的一部研究兰花的专著，也是世界上第一部兰花专著。全书分三卷五章，对紫兰和白兰等三十多个品种的形态特征作了简述，并论及了兰花的品位。赵时庚，宋宗室子弟，福建漳州人，他说自己“爱兰成癖，予嘉而求之，殆三十年”，书中述及的紫兰和白兰也大多产于漳州、泉州等地。据考证，紫兰主要是指今天的墨兰，白兰多指今天的素心建兰。《金漳兰谱》所载兰花名品，以及种植和莳兰的经验，令后世兰人每每奉为经典。

宋理宗淳祐七年（1247年），《金漳兰谱》问世十四年后，王贵学的《王氏兰谱》撰成，全书分兰之品第、灌溉之候、分析之法、沙泥之宜、爱养之地、兰品之产六则。《王氏兰谱》较之《金漳兰谱》记述更为详尽，还写到了“分拆之法”，就是兰花分栽的方法。王贵学，南宋临江人，据考证，临江就是今天的江西宜春一带。他序言中说：“余嗜兰成癖，志古之暇，具于心，服于身，复于声誉之间，搜求五十品，随其性植之。”在当时，已有五十余品兰，王贵学不愧为一代艺兰大家。

《金漳兰谱》《王氏兰谱》不约而同介绍的兰花品种大半都是建兰，两本兰谱一起被后代兰人推崇为“建兰双璧”。

建兰，远在战国，屈原在《九歌》里就有“沅有芷兮澧有兰”的诗句。据湖南《沅州府志》载：“芷是生于芷溪山间的一种花草，其花如蕙，一茎多至十二蕊，八九月开花，香远而久。”据专家考证，“芷”就是夏秋季节开花的建兰。

宋代罗愿的《尔雅翼》有“兰之叶如莎，首春则茁其芽。花甚芬香，大抵生深林之中，微风过之，其香霭然达于外，故曰芝兰。江南兰只在春芳，荆楚及闽中者秋复再芳”的记载。《尔雅翼》是宋代的一部重要的名物训诂学专著，对兰花的描述确定了“芝兰”的定义。

宋代是中国艺兰史的鼎盛时期，兰艺书籍及兰花的记述众多。成书于宋理宗时期的《全芳备祖》，由浙江人陈景沂所撰，是宋代花谱类著作集大成者，被誉为“世界最早的植物学辞典”。第二十三卷中有“兰花”一节，对兰花进行了详细的记述。

吴怿的《种艺必用》一书，也对兰花的栽培作了详细介绍。

由此看来，兰花种植和栽培，不只见于兰谱，还走向了大众。

《兰谱奥法》，为元代周履靖于1297年撰成。作者分种法、栽花法、安顿浇灌法、浇水法、种花肥泥法、去除蚁虱法和杂法等七个部分对兰花的栽培方法一一道来，语言简练，字字珠玑，把深奥的艺兰技法写得清楚简洁，触手可及：

“分种兰蕙，须至九月节气，方可分栽。十月时候，花已胎朵，不可分种。若雪霜大寒，犹不可分栽，否必损。”

把种兰养兰写入兰著，《兰谱奥法》更像普及艺兰知识而又妙趣横生的工具书，揭示了莳兰的奥秘，以建兰为主进行介绍，和《金漳兰谱》《王氏兰谱》一脉相承。

《金漳兰谱》《王氏兰谱》为后世兰谱提供了范本，对宋代以前兰花品种的搜集和记述奠定了兰花研究的基石。

## 2

明代的艺兰典籍记录尤为细致，王世懋在《学圃杂疏》谈及养兰应隔夿置水以防虫蚁、鼠、蚓、蚁等侵入；李时珍在《本草纲目》中也说：“兰花亦生于山中，与三兰迥别，兰花生近处者叶如麦门冬而春花，生福建者叶如营茅而秋花。”李时珍不仅把兰花和其他兰草的区别说明白了，也把春兰和建兰的区别写得很清楚。明代重要的兰花专著还有高濂的《遵生八笺》，张应文的《罗篱紊兰谱》，冯京第的《兰易》《兰易十二翼》《兰史》，王象晋的《群芳谱》，苏灵的《盆玩偶录》等，数不胜数。

成书于明永乐十年（1412年）的《南中幽芳录》，是云南地区唯一流传至今的兰花专著。《南中幽芳录》对碧玉莲、大雪素、金镶玉、小雪素、金丝莲、黄建素、大贡品等兰蕙的产地、分布，生态习性，根茎，叶鞘、叶色、叶态、叶质、叶片数，花莲形态、着花数量、放花时间，花色、花形、花香等都做了细致准确的描述。在形容花瓣形状时有“五瓣如梅”“花形似蝶”等形象比喻。这也是兰花瓣型理论的雏形。

《罗钟斋兰谱》的作者张应文，江苏昆山人，明代书画家、藏书家。他的兰谱不分卷，内容涵盖了兰花的品种、产地、养植，其中与兰有关的杂记，更显驳杂。

《遵生八笺》是学者高濂编撰的一部养生学专著。高濂，钱塘人。《遵生八笺》是一部养生学的专著，从八个方面讲述了通过修身养生来预防疾病、达到长寿的方法，故名“八笺”。其中《燕闲清赏笺》收录《兰谱》一节。

《兰易》《兰易十二翼》《兰史》则是别开生面，将传统文化融入其中，作者是明末清初学者、抗清义士冯京第，也用名“鹿亭翁”和“簟溪子”。冯京第把兰花的生长习性总结得淋漓尽致，《兰易》运用阴阳对立统一变化的哲学观点思辨兰花，角度新颖，前无古人，可以看出作者在文学、哲学、自然科学等方面有深厚的底蕴。

《兰易十二翼》，“翼”是辅助的意思，总结出兰花的十二个习性，条理分明，传承至今，指导着一代又一代的养兰人，堪称经典之作。

《兰史》则采用司马迁写史记的形式，为兰家族“立传”，冯京弟将兰的品位与挑选人才的“九品十八级中正制”联系了起来。将兰分为九品，即：上上、上中、上下、中上、中中、中下、下上、下中、下下。他将建兰品种“陈梦良”等列为上上品，“吴兰、金棱边”等列为上中品等，他认为兰无卑品，不列下中和下下两品。他还将建兰品种列为兰本纪三种、兰世家十一种、兰列传二十种、兰外纪九种、兰外传五种。兰花在这里有了“人”的特征，兰的世界就是人的世界，生动形象，寓意深远。《兰史》是一部兰花的“史记”。

明初沿袭宋代对建兰素心的崇尚，对江浙兰蕙品种并不走心。陶望龄在《养兰说》中说：“会稽多兰，而闽产者贵。”

随着江浙文人画兰的兴起，江浙兰蕙以“堪能入画”逐渐被文人喜爱，明代中期，江浙兰蕙开始盛行。兰花瓣型越来越受到养兰人关注，会稽山脉的春兰名品辈出。

建兰的故乡是漳州，春兰的故乡是会稽山脉所在的绍兴。

春兰，越来越受到兰界推崇。

## 3

明清时期是兰文化发展史上一个非常重要的时期。中国兰文化的“瓣型理论”诞生。清代，更是涌现了一批珍贵的兰花典籍，如鲍倚云的《艺兰杂记》、许霁楼的《兰蕙同心录》、袁世俊的《兰言述略》、杜文澜的《艺兰四说》、冒襄的《兰言》、朱克柔的《第一香笔记》、屠用宁的《兰蕙镜》、张光照的《兴兰谱略》、岳梁的《养兰说》、汪灏的《广群芳谱》、吴其浚的《植物名实图考》、区金策的《岭海兰言》等，洋洋大观。

鲍倚云的《艺兰杂记》为最早提出兰花瓣型理论的兰谱。鲍倚云，字薇省，号苏亭、退余。徽州岩寺人。乾隆间优贡生。鲍倚云是清代的大诗人，著有《寿藤斋诗集》四十卷及《退余丛话》。他也是书画家，又爱兰成癖，是艺兰大家，他把自己的艺兰所得写成《兰讯篇》《兰语篇》，后汇集成《艺兰杂记》，依据前辈艺兰人的经验，提出了兰花“瓣型”的概念，兰界从此有了品兰的标准。他“人以端严为重，花亦以端严为贵，不独以罕而为世所珍”的观点，成为瓣型理论的基石。

1796年，朱克柔《第一香笔记》问世。朱克柔，苏州人，爱兰艺兰，颇有心得，对兰花的花品、本性、外相、培养、防护等进行了论述。他却说《第一香笔记》是偶尔之作，那年春天，连日阴雨，天气很冷，兰蕙推迟了花期，他心痒难耐，一气呵成，写下自己的艺兰心得。《第一香笔记》“脱稿不十日，而众花齐放矣”，传为兰界美谈。他对兰蕙的习性进行了阐述，指出“大抵兰喜阴，蕙喜阳”。

1805年完成的《兰蕙同心录》，作者是浙江嘉兴人许霁楼，他嗜兰成癖，又善画兰，并有丰富的艺兰经验。该书分两卷，卷一讲述栽兰知识，卷二描述了兰花品种的识别和分类方法。全书记载兰花品种五十七个，并附有他画的白描兰蕙图，线条优美的白描兰花，清晰直观地把每一品兰的叶形花容呈现给我们，异常珍贵。

《岭海兰言》，为晚清广东佛山人区金策著，主要介绍广东产的墨兰的栽培。区金策一生爱兰，晚年写成这部著述，带了地域

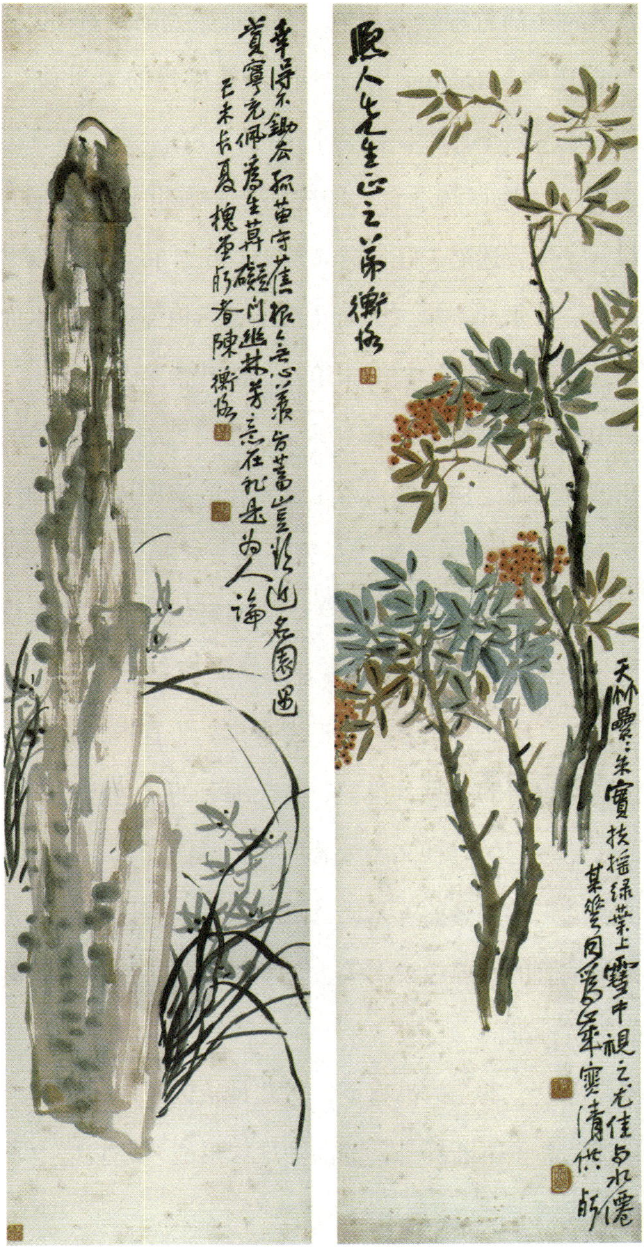

清　陈师曾　《幽林芳意》

的色彩，并将生活哲理融入其中，有自己独到的见解。

《兰言述略》1876年撰成，作者是苏州的袁世俊，记春兰二十八种，蕙兰六十九种，建兰十三种，并在兰谱中首开记录名品兰的选育时间、地点与选育人的先河，为后世研究兰花史提供了珍贵资料。《兰言述略》还完善了瓣型理论，将兰花按瓣型排列："梅瓣素第一，水仙素第二，荷花素第三，梅瓣第四，水仙第五，荷花第六，团瓣素第七，超瓣素第八，柳叶素第九。"

至清中期，瓣型理论已基本确立，艺兰界对兰蕙花朵的形状、颜色、花型的整体结构等全面考量，兰花的瓣型成为鉴别江浙兰蕙的唯一标准。袁世俊编著的《兰言述略》、柏子堂抄录的《兰蕙真传》、周怡庭编著的《名种册》、方时轩编著的《树蕙篇》、恽氏编著的《兴兰集》、孙侍洲编著的《心兰集》、区金策编著的《岭海兰言》、陈研耕编著的《王者香集》、查彬编著的《采芳随笔》、沈沛霖编著的《品兰说》、黄氏编著的《兰蕙图谱》、罗文俊编著的《艺兰记》、杜文澜编著的《艺兰四说》、杨子明编著的《艺兰说》、朱氏编著的《朱氏兰蕙图谱》、程氏编著的《兰蕙图谱》、岳梁编著的《养兰说》等大量兰花著作，从理论上奠定了中国兰花的鉴赏标准。

明清是养兰、赏兰的昌盛期，兰花种植区域广阔，养兰艺兰技艺成熟，赏兰品位不断提升，苏浙沪地区形成兰花栽培中心，兰花交易市场形成。

## 4

兰艺发展至近代，内容更为丰富翔实的兰谱相继问世，如清芬室主人编著的《艺兰秘诀》、吴淳白和唐驼编著的《兰蕙小史》、于照编著的《都门艺兰记》、夏治彬编著的《种兰法》、杨复明编著的《兰言四种》、郑同梅编著的《莳兰实验》、朱子桐编著的《兰谱》，等等。

1923年出版的由吴恩元编著的《兰蕙小史》，以《兰蕙同心录》为蓝本，分三卷对当时的兰花品种和栽培方法做了较为全面的介绍，全书共记述浙江兰蕙新、旧名品一百六十一种，并配有照片和插图。这是兰花著作中第一次用摄影技术定格兰花的姿容和神韵，读者得以直面兰品，并有文字和图片对照，每每翻阅，如同身临其境。

新中国成立后，1950年杭州姚毓谬与诸友仁合编的《兰花》、1963年由成都园林局编写的《四川的兰蕙》、1964年由福建严楚江编著的《厦门兰谱》、由吴应祥著作的1980年版的《兰花》及1991年版的《中国兰花》等，以工具书的形式走近大众，为养兰艺兰提供了随手可查的指导用书。

1984年，沈渊如、沈荫椿父子合著的《兰花》问世，江南兰人奔走相告，几乎人手一本。《兰花》既是艺兰必备的工具书，又是沈先生一生心血所系，收藏在手，也是对沈先生的纪念。

1988年12月25日，中华人民共和国邮电部发行中国兰花特种纪念邮票，龚文桢设计，四枚联印。第一枚，龙字，用苏轼题诗："春兰如美人，不采羞自献。时闻风露香，蓬艾深不见。"第二枚，大一品，用清代何绍基《素心兰》之句："香逾淡处偏成蜜，色到真时欲化云。"第三枚，大凤尾，用唐太宗李世民题诗："日丽参差影，风传轻重香。会须君子折，佩里作芬芳。"第四枚，银边墨兰，用明代张羽题诗："泛露光偏乱，含风影自斜。俗人那解此，看叶胜看花。"

同时，还发行了中国兰花邮票小型张，仍由龚文桢设计。红莲瓣，用朱德题诗："幽兰吐秀乔林下，仍自盘根众草傍。纵使无人见欣赏，依然得地自含芳。"

空谷仙子的雅容仙姿，名品兰的倩影，芬芳的诗意，邮票非常精美，一经发行，兰界哗然，备受民众的珍爱。一封书信，一抹兰影，绿色邮路上，遍洒幽香。写信的人、读信的人，也都沐浴在清雅的香气中。

1999年10月1日，中国人民银行发行第五套人民币。兰花的倩影，印上一角硬币，被大众亲切地称为"兰花一角"。

"兰花一角"，在世间兜兜转转；一丛兰草，在生活的底面，恣肆繁茂。

多少指尖，沾了那一缕幽幽兰香，指点大好河山。

邮票上的兰，硬币上的兰，给悠久灿烂的兰文化长河盖上小小的印章，给浩繁的兰花经典缀上小小的注脚。

## 二、在诗意里葳蕤

翻开古典诗词，一团兰意氤氲，从《诗经》到《楚辞》到《离骚》，再到唐诗、宋词、元曲，兰蕙花开，兰叶飘拂，兰的每一次摇曳，每一缕风吹，每一个神情，都受到历代诗人的珍爱和注目，都被诗人收藏在晶莹透明的诗意里。

古典的天空下，兰事悠长，诗路悠长。诗，一字一字雕琢了兰的肖像，一句一句勾画了兰的写意；诗，定义了只可意会不能言传的兰韵，兰的清雅随诗兴传颂，兰的品质被诗行吟咏，耳熟能详的咏兰诗，是兰和诗意相融，在中国文化中沉淀下来的宝贵财富。

诗中有兰，兰中有诗。诗和兰花一路相伴，踏着时空隧道的波光而来。

### 诗印兰史

从兰草盈盈迈下大野的那一刻起，兰就进了文人的视野，爱之赏之，歌之咏之，咏兰诗蔚为大观，诗意滋养着兰的鲜活，记录了兰的轶事，诗书里流淌着兰文化的长河，飘荡着兰意凝铸的芳香魂魄。

诗和史同步。以诗证史一直被史学家看重，陈寅恪文集《元白诗笺证稿》在中国古典诗词里纵横驰骋，将诗词和史实融会贯通，是以诗治史的典范。史是一架冷冰冰的马车，车轮滚滚向前，诗则将风花雪月、山水琴音、典故人文收录其中。文史相通，诗史相融，以史入诗，自古以来便是我国诗词写作的传统。

兰花自摇曳，诗纳我心中。兰花是时空中的一部无字天书，诗将书香兰香一起咏叹和解读，成就兰史中一帧帧隽永的风情文化和意象的写实。

兰花诗从细节，从情感，一点点、一面面印证兰文化发展史。

《诗经·溱洧》中有"溱与洧，方涣涣兮。士与女，方秉蕑兮"的诗句，一幅栩栩如生的先秦三月三风俗图定格，镜头里的少男少女秉兰定情，至今读来，兰的风姿惟妙惟肖，香气清远，这是先秦留给兰文化史的印象最深刻的记忆之一。

"沅有芷兮澧有兰"是屈原《楚辞·九歌·湘夫人》中的诗句，沅水的芷草澧水的兰，香气顺流而下，一路向前，一直流淌到今天。顺着兰文化长河溯流而上，看见屈原依然在水之滨，伫立成一株兰，吟咏的还是兰的诗句。"秋兰兮青青，绿叶兮紫茎。满堂兮美人，忽独与余兮目成。"兰的绰约风姿，历历可见。从《离骚》到《九歌》《九章》《天问》，屈原流传于世的诗作二十篇，据学者统计，三十七处写到兰蕙，楚国大地的兰、长江流域时空里的兰、《楚辞》里的"骚体"兰在屈原的诗里以香草美人的形象传之后世。

汨罗江畔，屈原的兰，是兰史之兰，也是君子立德之兰。

"馥馥蕙芳，顺风而宣，将御椒房，吐薰龙轩。"嵇康的诗，则是兰薰进入帝王家的佐证。

明永乐十年（1412年）的《南中幽芳录》，不只是云南地区唯一传世的兰谱，书后还附有珍贵的咏兰抒怀的诗词一百六十余首。一百六十多首诗，是研究少有文字传世的大理兰花史的珍贵资料。

大理兰花以仙姿飘逸蜚声中外，云南更是莲瓣兰庞大家族的故乡。作为云南土著，滇兰有着悠久的历史，名品繁如星辰。据考证，滇兰四大名兰中“大雪素”“朱砂兰”已有一千多年的历史，“小雪素”和“通海剑兰”有六百多年历史。20世纪80年代，电影《五朵金花》让云南大理成为一代人的向往，蝴蝶泉旁，苍山下，洱海边，是让人念念不忘的大理。多年之后，才知道蝴蝶泉旁，苍山下，洱海边，大理的山水孕育了仙子一样的兰花。兰界将大理兰花名品“滇梅”“奇花素”“剑阳蝶”“苍山奇蝶”“领带花”命名为“五朵金花”，其中“滇梅”是滇兰梅瓣的代表，“奇花素”以“奇”到极致、“素”到极致被誉为笑傲江湖的“素花之王”，“苍山奇蝶”则以千面观音的形象独步兰界天下。

《南中幽芳录》一百六十多首诗词得以流传，因了一个富有传奇色彩的兰人——元末明初时云南大理总管段功的女儿段宝姬。明朝收复云南后，经历了国破家亡的段宝姬得明太祖朱元璋赦免，携一双女儿归宗大理，看破红尘皈依了佛门，在大理点苍山兰峰下的无为寺建起兰苑，种植并守护滇西兰花。段宝姬艺兰爱兰，经常邀文人墨客兰苑赏兰，吟诗作画。有“南中七贤”之称的桂楼、安道、大云、无极、达果、继白、宝姬得以会聚兰苑，大理和云南多地的文人雅士时有到访。无为寺的兰苑雅集，是云南兰史的一抹华彩。永乐十年，“南中七贤”之一的杨安道，将苑内三十八种兰花的介绍文字汇编成册，由段宝姬题名为《南中幽芳录》。兰谱《南中幽芳录》是滇兰文化的结晶，而一百六十多首诗词让我们得见滇兰风貌，印证了云南兰文化的发展细节。

## 江浙兰蕙与文人雅集

雅集，文人墨客名士雅人兴之所至，觅一处山水，饮酒小聚，赋诗作画的集会。也论时政，也论学问，思想碰撞，才思触发，成就了文化史上诗派和文人群落的形成和发展。江南，历来名士才子聚集，雅集成为传统。东晋王羲之的兰亭雅集成就了《兰亭集序》，西晋石崇的金谷园雅集推出了“竹林七贤”，元末明初的玉山雅集成就了昆曲的萌芽和发展。

吟诗作乐，一唱一和之间尽显风流，是雅士最大乐事。每一次雅集，都留下诗词一大抄。江南，又是兰花的故乡，文人雅集，赏兰也是一大主题。所以，江南文人的雅集诗抄，兰花的身影飘拂是一大亮色。

“天下文气看江浙”。作为吴越文明的中心，江南文脉是中国文化浓墨重彩的脉气所在。1127年，赵构到达扬州，后在杭州、绍兴、温州避难，1138年定都杭州。此后在南宋王朝一百多年间，江南成为政治经济文化中心。南宋也是兰文化走向鼎盛的时期，历史的经线和江南诗文化的纬线交汇，光阴的坐标系上清晰真切地映出兰文化的身影，江浙兰蕙适时站上舞台，一时兰影婆娑，兰花在江南源远流长的兰文化土壤里盛行繁茂。

南宋以后，到元明清，兰文化一路繁盛，“品兰为雅，艺兰为尚”，品兰艺兰与收藏书画、收藏古董一起成为明清时期江南一带特有的风尚。江浙兰蕙中的名品，从会稽山脉源源不断现世，和江南的才子名人一样辈出。养兰艺兰和雅集一样成为时尚。

明代沈周的虞山雅集颇负盛名，其的《虞山雅集图》，描绘了计宗道、杨循吉、钱仁夫、沈周等十六人在虞山南麓文会的情景。江南也盛行家族内的雅集，集中展示江南士族才子风雅，清代江苏常州庄氏家族的南华九老会，九个成员都是庄氏族人，有《唱和诗谱》存世。庄家是庄子后人，将《庄子》奉为《南华真经》，以庄家文脉为荣。

明清两代，江南私家园林建筑进入鼎盛时期，园林雅集成为时尚，江南才子文徵明《东园图》描绘了东园主人与文人雅士们在园中游乐的情景，呈现了东园假山幽径、林木修篁、厅堂水榭的雅致。画面中共出现八位文人，其中两位在庭院中对弈，四位在屋中品鉴书画，另有两位在石径上漫步，引人入胜。

《红楼梦》第三十七回写到在大观园李纨居所稻香村成立海棠诗社的当天，在贾探春居所秋爽斋开诗会的情景，再现了园林诗会唱和的情景。

江南雅集盛行，伴随着江浙兰蕙的繁荣发展。雅集诗词唱和，兰香飘逸，兰花诗成为其中一大主题。爱兰艺兰大家在雅集中唱和，赏兰也是一大话题，随着赏兰层次和境界的提升，兰姿兰韵在诗中更加灵动。园林雅集，也使兰花在园林里、兰苑里繁茂，园林诗和兰花诗一起飞扬。

“手培兰蕊两三载，日暖风和次第开。坐久不知香在室，推窗时有蝶飞来。”元代诗人余同麓的《咏兰》叙述了养兰闻香的情景。“山中兰叶径，城外李桃园。岂知人事静，不觉鸟声喧。”王勃的《春庄》是山中之兰。“冬草漫寒碧，幽兰亦作花。清如辟谷士，瘦似琢诗家。丛秀几钗股，顶分双髻丫。夕窗香思发，风影欲篝纱。”曹寅的《冬兰》是园林中冬天的兰。

兰蕙身影在诗中出没，从黄庭坚到明清代诗人，咏兰诗数不胜数，也涌现出张岱、徐渭等集兰家诗家画家于一体的大儒。

## 兰诗题画

诗书画一体，是中国文人的传统。题画诗是中国古典诗词的重要组成部分，内容丰富，数量巨大。很多画兰名家也是文学大家，画上题诗，图文并茂，尽情倾洒才情。

画上题诗，也交代了画兰时的境地、心情，烘托兰图的气氛。

宋代赵孟坚，在藏于故宫博物院的《墨兰图》题诗：“六月衡湘暑气蒸，幽香一喷冰人清。曾将移入浙西种，一岁才华一两茎。”寥寥数语，却透出了画作的诸多信息：《墨兰图》创作于湖南，而兰花则是从浙江引种的。诗不止于吟诵，还记述、说明，对兰文化有珍贵的研究价值。

一代大家郑板桥，兰花诗大多是题画诗，据统计大约有七十首。由画面引发感慨，借题发挥，抒发情怀，是题画诗的特点。

“身在千山顶上头，突岩深缝妙香稠。非无脚下浮云闹，来不相知去不留。”郑板桥在《兰花图》题诗，直抒胸臆，诗意透出画外。生性淡泊，卓尔独行的形象，跃然纸上。

“七十三岁人，五十年画兰；任他雷雨风，终久不凋残。”板桥一生画兰，都在诗里了。

徐渭，一生创作了一千多首诗，其中三百多首题画诗。徐渭的笔墨大写意画在中国绘画史上有着重要的地位。他的题画诗亦诗亦画，诗画兼融，独具魅力。徐渭六岁工诗词，九岁作文章，显露了异于常人的诗词才华。

一生爱兰，以画兰著称的徐渭，题兰画诗一如他的为人一样清高孤傲，“半生落魄已成翁，独立书斋啸晚风。笔底明珠无处卖，闲抛闲掷野藤中”。

“绿水唯应漾白蘋，胭脂只念点朱唇。自从画得湘兰后，更不闲题与俗人。”徐渭将自己画的兰称为“湘兰”。兰，喻品洁德馨；湘兰，指生于湘江两岸的兰。徐渭借“湘兰”独抒胸臆，昭示自己无论在诗品和画品上，都向屈原看齐，遥遥向屈原致敬。

诗意发兰香，画意兰蕙长。诗画同源，题兰画诗给我们描绘了兰文化史不同的立面。

题兰画诗和洋洋洒洒的咏兰诗一起，将一株株兰蕙的神采气韵，写进文化史。

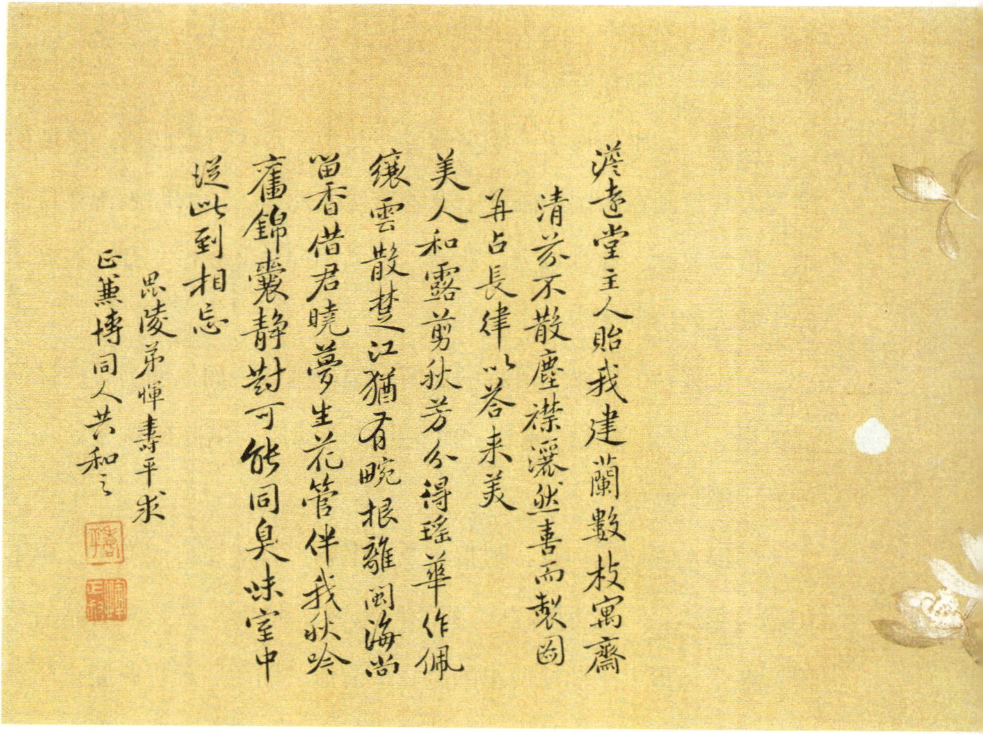

清　恽寿平　《九兰图》

## 山水兰韵

天姥山，因为李白，在古典诗歌的浩渺烟波中矗立。

而天姥山，却是兰花的圣地之一。

谢灵运任永嘉太守时，越地到温州临海的方向被大山阻隔，没路可走，要去临海，只能绕道走水路。热衷于山水中游吟的谢灵运，带领仆众几百人，从上虞的南山伐木开径，翻山越岭，经班竹，直至临海，硬生生开辟出一条山道，打通了越地到温州的陆路，这就是著名的“谢公古道”。

谢灵运开道于最险要处，遇到了天姥山。

天姥山的传说更是引人入胜：盘古开天地之后，轻而清的气息，缓缓上升，变成了天；重而浊的物质，慢慢下降，变成了地；盘古最后特意留下一座离天最近的山，便于天上的神仙与地上的凡人走动交集，这座山就是天姥山。连通天上地下的天姥山、被谢灵运带到诗词中的天姥山，是不是就在盘古开天辟地后落成的那一刻，兰草便在山上扎根了呢？后代诗人、文人墨客慕名沿古道而来，天姥山从此盛名于天下。六朝的名士文化、唐朝的诗词文化、宋朝的理学文化、元朝的隐士文化、明清的宗族世家文化，依次浸润着天姥山，浸润着天姥山的兰草。兰草的幽香，伴随着传统文化中瑰丽传奇的天姥山在时光中穿行。

当年，李白怀着朝拜的心态，踏着谢灵运的足迹，沿古驿道，奔向天姥山，写下《梦游天姥吟留别》这首梦幻与现实相交融的不朽名作。

天姥山的兰草，是只应天上有的兰草，有着只应天上有的容颜。

会稽才子谢灵运踩着他的“谢公屐”，走在驿道上，木头做的鞋子，鞋底一前一后安了俩木齿，上山摘去前齿，下山摘去后齿，山路飘摇，山间便响着呱嗒呱嗒的木屐声。文人雅士效仿谢灵运，放浪形骸，踩着谢公屐，呱嗒呱嗒走在驿道上：“脚着谢公屐，身登青云梯。”大诗人李白踩着谢公屐，吟诵着“天姥连天向天横，势拔五岳掩赤城”，呱嗒呱嗒走在驿道上。驿道两边，峰峦林立，采兰人在松间林下听见呱嗒呱嗒的木屐声和着狂放恣肆的吟咏，放下花锄，于兰草花影中直起腰身，山间静谧，兰香袭人，遥遥挥手间，他们互相成为对方的风景。

在没有路的地方开出一条路，谢灵运不但是中国山水诗的鼻祖，也是开路的先锋。但一介文人，怎样在层峦中找到开路的位置和指向？是不是循着采兰的踪迹？谢灵运毕生爱兰、采兰、咏兰，他的《郡东山望溟海诗》就是一首采兰诗：“策马步兰皋，绁控息椒丘。采蕙遵大薄，搴若履长洲。”初春时节，策马来到长满兰草的水边高崖，步兰皋，采蕙兰，谢公古道的位置是不是就是采兰路上发现的呢？

杜甫、白居易乐此不疲奔天姥山而来——循着兰草的幽香，奔向仙境。时光里，一闪而逝的，是兰的裙裾。时光里，永恒的是兰意浸透了大野的衣衫，在线装书里，凝结的诗行。

没有兰花，中国诗词失去多少颜色；没有诗词，兰草的影子又少了几分恣肆。

兰脉和文脉在时空里时而交错，时而并驾齐驱。历代兰花诗，一一读来，就是一部厚重的兰文化史。

## 三、以兰为镜

北宋文人陶谷在随笔集《清异录》中记载："兰虽吐一花，室中亦馥郁袭人，弥旬不歇，故江南人以兰为'香祖'。"

《左传·宣公三年》载："以兰有国香，人服媚之如是。"黄庭坚在著名的《书幽芳亭》中也说："兰之香盖一国，则曰国香。"

而孔子又说："兰为王者香。"

一花在室，清香四溢，沁人心脾。兰花，以清雅的香气，有了"香祖""国香""王者香"和"天下第一香"的盛誉。

一缕宜人的幽香，高雅，淡泊，又带着超然世外的神秘，醉了多少文人墨客、隐者雅士。

从兰草下山的那一刻，世上兰香缥缈，历几千年愈加芬芳。

1

最初，兰草临世，是以香草的名义。

先秦，兰以"香"备受推崇。《楚辞·九歌》有："浴兰汤兮沐芳，华采衣兮若英。”两千多年前屈原笔下的一场兰汤沐浴，今天读来依然香气缥缈，循着兰香，好像又看到了衣裳上的霞光，看到迷离的云神的影子。《楚辞·离骚》有：“扈江离与辟芷兮，纫秋兰以为佩。”一只香囊，裹着江离、辟芷、秋兰芬芳的香气，裹着君子对美好行止的追求；一只香囊里，有令人神往的境界。

《诗经·郑风·溱洧》中有“溱与洧，方涣涣兮。士与女，方秉蕑兮”的记载，一支兰花，一缕兰香，男女表达爱意的信物，爱情的味道历两千多年，醇香如初。“秉蕑”，手执兰草。据考证，“蕑”为兰之古字，是“泽兰”，古时纯粹的香草。宋代朱熹在《楚辞辩证》中也提道：“古之香草，必花叶俱香，而燥湿不变，故可刈佩。”泽兰不只花有香气，连根、芽、叶、花箭都有香气，佩戴在身上，香气馥郁。

从兰汤，到香囊，到秉蕑，兰香缭绕了先秦的天空。古人用香，熏、浴、蒸、佩戴、装饰。泽兰，作为香料植物，和椒（椒树）、桂（桂树）、萧（艾蒿）、郁（郁金）、芷（白芷）、茅（香茅）等一起奠定了香文化的起源。

“馥馥蕙芳，顺风而宣，将御椒房，吐薰龙轩。”风流倜傥的嵇康写到的兰香，是宫廷的兰香。皇后的椒房殿、皇帝的龙轩，都熏透了兰香。魏晋的兰香，从宫廷贵族散播开来，成为一种风雅、一种文化、一种美学。

唐代文人唐彦谦有《咏兰》诗：“清风摇翠环，凉露滴苍玉。美人胡不纫，幽香蔼空谷。”“翠环”比喻细长的倒挂下来弯成圆弧形的兰叶，“苍玉”是指绿白色的花。这样的兰叶，这样的花朵，这样的兰花，这首诗被兰界公认为最早写国兰的诗。从此，国兰正式登场，国兰的香，是弥漫在空谷中的“幽香”。

据考证，国兰的种植就是从唐代开始的。

唐代以前的兰——“泽兰”是菊科植物，和国兰在植物学意义上是不同的，但无论泽兰还是国兰，都以幽幽兰香，被历代文人士大夫珍爱。兰文化和香文化相遇、交融，一起发展。泽兰和国兰，其“香”也是一脉相承的。

兰花香型繁多，墨兰是清香，寒兰是浓香，建兰、春兰是幽香，蕙兰则是檀香。同一品种的兰花，香气又有细微的差别，如有些名品春兰，香气是馥香；有些名品墨兰，又有水果的甜香……兰香千变万化，但只要一品兰的血统不变，她的香气就是永恒的，分株、繁衍，时光流逝，日月更新，一品兰的香气历久弥新，如君子的节操。香，是兰的气息；香，也是兰的德行。

2

在用香最为鼎盛的宋代，焚香是日常生活必不可少的。

读书焚香，静夜里，每一个字都带了香韵；静坐焚香，香气氤氲，心静了，思绪也舒顺了；调弦抚琴，清香一炷，琴音浸透了香气缥缈而去；品茗论道、吟诗作画，素手焚香，诗情画意幽幽而出；而红袖添香夜读书，更是可遇不可求的雅事。

香，悠然于书斋琴室，又缥缈于庙宇神坛，可安神，可去疾，可定心，可修身，又能带灵魂飞升于化境。

宋代制香技术也是到了极致，工艺复杂的合香的制作风靡，用不同香料的组合能够模拟出花的香气。香气清雅，如入空谷的兰香，更是备受文人喜爱。

宋代制香大师陈敬的《新纂香谱》，又称《陈氏香谱》，详细记载了十二种模拟兰花的香方。

其中“笑兰香”的制法：“以沉为君，鸡舌为臣，北苑之尘，秬鬯十二叶之英，铅华之粉，柏麝之脐为佐，以百花之液为使，一炷如芡子许，油然郁然，若嗅九畹之兰，而挹百亩之蕙也。”

这款“笑兰香”方，以沉香为主，以鸡舌香也就是丁香为辅助，佐以北苑茶、郁金、铅粉、麝香，更融入了“百花之液”。再用复杂的工序，繁复成分的添加物来丰富香气的层次，提升香韵。

《陈氏香谱》中以“笑兰”为名的香方共有三个，古人把香方编以歌诀，以便更清晰明了地被后人记住，如：“笑兰香歌曰：零藿丁檀沉木一，六钱藁本麝差轻，合和时用松花蜜，爇处无烟分外清。”

藿香、丁香、檀香、沉香取一比一的比例，藁本、麝香六钱，以松花蜜来调和，制作成兰花香饼、香丸，再采用隔火之法小心制作，香气轻盈扑鼻，无烟雾燥感。当然，火候、工艺的把控更考验一个制香人的功力高低。

《陈氏香谱》中还有一款“胜兰香”方。“胜兰”，是说此款香方制作的香，香气比真正的兰花还要清雅婉约。

“胜兰香：甲香一分煮三番，二两乌沉三两檀，水麝一钱龙脑半，异香清婉胜芳兰。”

还有一方“李元老笑兰香”，是一款能溶于酒的笑兰香，让醉人酒香也带了兰花的气韵。香谱中还详细记录了溶于酒的方法：“右炼蜜和匀，更入马勃二钱许，搜拌成剂，新油单纸封裹，入磁盒窨一百日取出，旋丸如豌豆状，捻之渍酒，名‘洞庭春’。每酒一斤，入香一丸化开，笋叶密封，春三日、夏秋一日、冬七日可饮，味甚清美。”

宋人对精致主义的追求也是达到了极致，这样繁杂的工序，漫长时日的等待，得出的这壶酒定是清香扑鼻，盈盈香气也是熏透了“晚来天欲雪，能饮一杯无”的境界吧。

冬天是焚香的季节，古人以阴阳论养生，认为养生要顺应阴阳，冬在四季中属阴，阳气收藏，而香能助阳气升。古人对雪意尤为推崇，认为冬雪不染尘屑不沾杂质，轻盈纯洁，围炉赏雪，便成为冬天的一桩美事。大雪飘飘，天地苍茫，红泥小炉，温了“洞庭春”酒，焚一炉香，文人雅士对坐，饮酒赏雪赋诗，兰香浸了古意，人生到此，也是快哉！

这时香炉中要焚一炉“北苑名芳香”，这是一方幽兰香味的熏香。明代周嘉胄著有《香乘》，香方名品、香疗方法一应俱全，其中更认为不同的场景、不同的活动、不同的方位焚香各有不同，不同的季节更要有不同的香薰。周嘉胄在《晦斋香谱》序中说：“北方黑气主冬季，宜用炉赏雪焚之，有幽兰之馨。枫香二钱半、玄参二钱、檀香二钱、乳香一两五钱，右为末，炼蜜和剂，加柳炭末以黑为度，脱出焚之。”

冬天熏幽兰味的香，才合乎阴阳运行，白雪和了兰香，雪意和兰意调出的韵味，无论抚琴、品茗、对弈还是夜谈，都是美到极致的境界了！

3

古人制香，也常以兰花入香方，奢侈之至。《香乘》中有一方“逗情香”，就是用兰花与牡丹、玫瑰等十种香花为原料制作而成。

诗人陆游曾用荔枝壳，兰、菊等花朵以及柏树果实调配“山林四和香”，陆游《焚香赋》言：“暴丹荔之衣，庄芳兰之茁，徙秋菊之英，拾古柏之实，纳之玉兔之臼，和以桧华之蜜。”

明末董若雨常以“非烟香法”蒸兰花，他在《众香评》中形容蒸兰花“如展荆蛮民画轴，落落穆穆，自然高绝”。董若雨还总结了蒸各种“香”的功效，其《香医》中说：“治神浊宜蒸兰，治神昏宜蒸蜡梅。”

古人有养鼻的传统，肺开窍于鼻，养鼻也是理肺经。兰花香气馥郁，爱兰人无论多么近闻之，都幽远、清甜，没有一丁点刺鼻的感觉，所以古人常用兰香养鼻。

“室有兰花不炷香。”宋代戴复古诗中说。黄庭坚也说：“清风过之，其香蔼然，在室满室，在堂满堂。”室内有兰花就够了，兰香至清至纯，一兰在室，如临幽谷，再焚香，就扰了兰的清雅。

不论“胜兰香”还是“笑兰香”，都是对兰花香气的模拟；无论工艺多么复杂，都模拟不来一丛兰草的优雅、一朵幽兰的出尘。

多昂贵的香都不要，一兰在室就够了。

徐渭《兰》诗中说：“莫讶春光不属侬，一香已足压千红。”

幽幽兰香，超脱凡尘，世上那么多的香谱、香方，都没有一抹兰影香得优雅，香得清冽，如深山涧谷，缥缈而至。

孔子说：“与善人居，如入芝兰之室，久而不闻其香，即与之化矣。”和品德高尚的人在一起，如同进入了幽香满溢的兰室，久而久之自己浸透了香气，和兰香融为一体。

“芝兰之室”是一种境界，是一面镜子，千百年来，揽镜观照的，是君子高尚的品行。

君子爱兰，以兰香为镜，修君子的德行，修君子的风骨。

## 四、出世　隐世　入世

1

“上古时须弥山第九层有仙人种兰”，晋朝王嘉《拾遗记》的记载，喻示了兰文化和佛教的不解之缘。须弥山，佛教圣山。佛经中将须弥山称为大千世界的中心。兰花上古时就种在了须弥山上，佛门对兰的看重可见一斑。

《左传·宣公三年》记载了燕姞梦兰的故事：

初，郑文公有贱妾曰燕姞，梦天使与己兰。曰："余为伯鯈。余，而祖也，以是为而子。以兰有国香，人服媚之如是。"既而文公见之，与之兰而御之。辞曰："妾不才，幸而有子，将不信，敢征兰乎？"公曰："诺。"生穆公，名之曰兰。

《史记·郑世家》也有记载：

二十四年，文公之贱妾曰燕姞，梦天与之兰，曰："余为伯鯈。余，尔祖也。以是为而子，兰有国香。"以梦告文公，文公幸之，而予之草兰为符。遂生子，名曰兰。

《左传》和《史记》的这两段文字记载都是关于"燕姞梦兰"的故事。燕姞，春秋时郑国国君郑文公的侍妾。有一天，燕姞梦见天神给了她一枝清幽的兰花，而且天神自称是她的祖先——南燕国始祖伯鯈，并说"这是你的儿子，是最香的草"。不久，郑文公也送她一枝兰花为凭并让她侍寝。后来，燕姞生下了儿子，取名兰。

公子兰就是郑国第九任国君郑穆公，郑穆公的降生因兰花而美好、神秘，公子如兰，郑穆公的一生也因兰花而有波而不折，有风而不摧。《左传·宣公三年》的记载更详细完整。公元前627年，公子兰二十二岁时继任郑国国君，即郑穆公。郑穆公在位二十二年。到公元前605年冬天，穆公病重，自感时日无多，和子孙说：“我是以兰出生的，兰死了，我也活不了多久了。”然后，割兰而死。

因为兰，郑穆公的一生虽历经磨难，却有惊无险，传奇而圆满。

郑文公有三位夫人五个儿女，宠妾众多，庶子成群。因太子叛乱，郑文公前后将两个儿子杀死，庶子公子兰逃亡到晋国，后成为晋国大夫。公子兰聪明多才，处事有节，很得晋文公喜欢。在晋国扶持下，得郑国迎回立为太子，即位为君。在位二十二年，郑穆公低调处事，数次避免亡国之险，先后与楚国、晋国结盟，国家稳定，自己也得善终，一生如得神明照拂。

郑国大夫石癸评价：“余庶子无如兰贤。”司马迁《史记》评价：“时兰事晋文公甚谨，爱幸之。”郑穆公贤德谨慎，性情如兰，是“兰子”，与他的兄长们便不同，做了国君，国事稳妥，验证“燕姞梦兰”的祥瑞之兆，后来女人怀孕被称为“梦兰”。

因“燕姞梦兰”，又有了一个叫“兰因”的词，像兰花一样美好的前因，用来比喻美好的结合。“兰因”是佛教用语，因果，参禅，了悟，世事有因果，参透因果，了悟人生，就是找到了兰因，找到了永恒的欢乐。

世上所有美好的缘分，都是兰因。世人爱兰，爱到心里，每一

明　文彭　《墨兰图》

个人与兰花的缘分都是兰因。

与兰因相对的是“絮果”，像飞絮一样漂泊的结果。飞絮是捉摸不定的，结局亦是不能把控的，飞絮最终的结局是飘散，喻离散之意。我想佛教认为的“絮果”是参透了生命的本质：人生无常，最终是离散，每一个人都如飞絮走向自己的“果”，有了美好的兰因便足够了。“凡所有相，皆是虚妄”，所以人不要执着，要放下，顺其自然。

佛曰：坐亦禅，行亦禅，一花一世界，一叶一如来，春来花自香，秋至叶飘零。

兰花通禅，一朵兰花，一片兰叶，皆能静心，去参悟空谷幽林的大境界。和兰一样，静心明性，不为尘埃所染，进入禅定。

所以兰花又被称为“禅花”。古人以花为友，兰又被称为禅友。

## 2

暮鼓晨钟，兰香缭绕。唐代，兰文化和佛文化更近地走在一起，相融相生。著名画僧贯休爱兰，在兰溪和安寺种兰、画兰，写兰花诗，以兰参禅。

禅门静寂，木鱼声声，兰香清雅如镜，更易入定，僧人种兰随即盛行。唐代寺庙多辟有兰园，直到后世，名山古刹种兰成为传统，很多得道高僧更是兰道大家、艺兰大家。佛家兰花名品不断现世，蕙兰名品“金赡梅”，是清乾隆时文思院翠峰和尚培育的名品。汕头灵山寺，以灵山寺壁兰闻名。苏东坡的诗句“谷深不见兰生处，追逐微风偶得之。解脱清香本无染，更因一嗅识真如”就是得自寺庙之兰。日本文化得唐代文化遗风，素有“见兰悟禅”的说法。

兰花为佛教的六供奉之一，佛门将寺庙称为兰若。普陀山全山方丈戒忍大师曾说过：“寺庙古称兰若，指如幽兰般吉祥馨香的所在。”普陀山是我国四大佛教名山之一，称为海天佛国，山上遍生兰蕙。戒忍方丈爱兰，颇有心得：“兰是禅花，非有禅缘，不结兰缘。兰是灵物，能卜凶吉。室浊则兰萎，屋凶则兰枯。兰有佛性，不论贵贱，平和同仁。”

兰花通灵，兰花的鉴赏和禅理相通，铭品兰的审美从来不在于花朵的妩媚娇美，而在于瓣型的正、花色的素，若花瓣无型、花色杂乱皆为次品，与佛教中的“戒”同理。莲瓣兰以“莲”的瓣型被兰界评为兰中珍品，备受珍爱，也是深受佛理影响。佛教中认为莲花是圣洁的，佛坐莲花，佛国即“莲界”，“指如兰花心如莲”，佛教的兰花指由此而来。兰花指是我们常见到的佛像姿态之一，佛理认为，兰花指是佛说法时所结的印相，“以拇指与中指（或食指、无名指）相捻，其余各指自然舒散”。说法印，“即以法轮摧破烦恼，使身心清净”。

## 3

青灯古佛，兰影飘逸，身心空灵之时，一缕清远的幽香，灵魂进入清静无为的极乐世界——出世，是佛家的境界，也是兰花的境界。

清静无为，也是道家哲学所在。淡泊，恬静，遗世独立，是兰的写照，也是老庄的追求。道家的清静无为以修身，隐逸于世，和兰隐如出一辙。

指捏兰花，兰花指也是道教的手印。道教手印又称“诀”，祖师秘传的口诀，和手势一起结印，手指变换间，不同的手印通向不同的神灵，神秘、通灵。鲁迅曾说“中国的根底在道教”，道教兰花指是上古巫文化的遗存，兰花指和古代的象形文字一样，是对天地万物的临摹，对自然的提炼和升华。

兰，又称空谷仙子，道教认为得“道”才能成仙。一株兰，就是一个得道的仙子。

大野幽谷，危崖峭壁，兰草丛立，吸天地灵气，纳日月精华，禀自然造化，一缕幽香、一道仙影，就是道法自然的最高境界。

赏兰如修道。道家爱兰，以兰修道，道教圣地多有兰影相伴。

1979年香港兰展上，一品牙黄色花瓣的兰花以仙风道骨的韵致，引起轰动，这就是来自青城山天师洞的铭品兰“西蜀道光”。浸润了道家文化和青城之风，“西蜀道光”萼瓣窄长厚实，玉捧心纯黄晶莹，唇瓣金辉荧射洁净无瑕，如道如仙，若隐若现的辉光直达观展兰人的心里。“西蜀道光”被誉为举世珍品，评为兰展金奖。

青城山，道教的发祥地。天师洞，也称常道观，相传是汉代张陵天师传道和羽化登仙的地方，又称天师祖庭。道教中传说唐代著名道士、药王孙思邈和著名道士杜光庭都曾在此隐居修炼。天师洞三面环山，临深涧，含清风，声名远扬的青城兰苑置于洞边。青城兰苑育有二百个品种，名品兰"西蜀道光""银杆素""九华素""相思红""上珍黄""苋朱砂""五彩蝶""红观音""堰都皇后""西蜀圣蕊"等比比皆是。

青城山兰文化源远流长，每个道观必有兰花，廊前，院中，观宫里，兰影摇曳。

养兰爱兰和修道同步，兰文化和道教文化相伴相随。

清代嘉庆时期，江浙兰蕙昌盛的时候，浙江天元余姚兰花繁盛，天元道坛张道长发起天元兰花盆景展会，简称"兰盆会"。"兰盆会"每年春秋举办，每次历时七天，文人雅士纷纷赶来，后来发展成为赏兰、品兰、咏兰、画兰的盛会，名噪一时。

道家建宫立观，都选在峰峦奇崛的幽谷深壑，在云蒸霞蔚、气度万千中修道养气。道教有"十大洞天、三十六小洞天、七十二福地"之说，所以又有"神仙洞府"之称。兰花在野，也喜居于峰峦、幽谷。道士在洞天福地修炼，洞外抬眼就是幽兰丛生，香气缥缈。以兰修道，以道养兰，兰道相生。

道教圣地武夷山的兰花天下闻名，春兰、剑兰、蕙兰、建兰、四季兰、寒兰等中国兰像大集合一样遍布武夷山脉。武夷山寒兰，更像武夷山孕育的一个神话，在零下50摄氏度的极寒状态，发出冰雪般的寒香，这就是道家修道的最高境界了吧。

在武夷山，一株兰花都在修道。寒兰冷香，是道家精神的写照。

武夷山桃源洞开元堂道观，后山遍布兰花，四季兰香。道士们修道护兰，和洞天福地边的兰花相互照拂，一起修道。

兰深深根植于道教，道教中又有“灵兰”一说。我国最早的中医理论著作《黄帝内经素问》中有“灵兰秘典论”。“灵兰”指灵台和兰室，是传说中黄帝藏书的地方。

## 4

兰室，出自《孔子家语》的“与善人居，如入芝兰之室”。从两千多年前，孔子的“芝兰之室”便成为士大夫永恒的追求和向往，向往入芝兰之室，修君子品行，修成一株芝兰，“为王者香”。

“幽兰香风远，蕙草流芳根”，兰香随风传开，又可为天下香。

兰花在儒家，是永远的“芝兰”。芝兰的清香幽远合乎高贵雅洁的君子德行，不媚流俗，不改节操，随风自远，兰的自然属性呼应契合了儒家思想的君子之品性特征，孔子借助兰的意象使儒家思想得以更直观、清晰地表达，并像兰香一样，在世间自然风行，如兰香一样，合于文人士大夫的理想。

魏晋时期，君子修养情操达到极致，从琴棋书画，焚香品茶，到对兰花指的追求。兰花指以如兰的韵致、儒雅的气质和翩翩风度为君子所爱，是修身的科目。随着儒家思想和审美趣味的提升，兰花指又被戏曲接纳，演化出翩翩君子的形象。翩翩君子是古今审美一致认为的男子美的极致。

修身的终极目标是治国平天下，这也是士大夫阶层的精神追求，孔子的兰成为儒家的精神意象，引后世文人两千多年来孜孜不倦以求致达。

“为草当作兰，为木当作松，幽兰香飘远，松寒不改容。”从孔子、屈原到李白，再到元代吴海的《友兰轩记》中的“兰有三善：国香一也，幽居二也，不以无人而不芳三也”。从兰的气质到精神到品行，历代文人完成了对兰的全方位描摹和透视。

兰在儒家中庸的审美视野里摇曳，姿容端庄，香气清远，儒家定义了兰的文化内涵，鲜活了兰的文化意象。

电影《孔子》中有一段老子和孔子的对话，那是神来之笔，孔子说：“先生的道是大道无形，不限于世间万物，而我的道则只在人间。”

老子和孔子说天下大“道”，说透了君子之“道”，也是兰之“道”：可以“大道无形，隐于天地万物间”，隐逸超脱是君子之道；也可以如孔子在人间，成就君子担当之道。

而佛在看世间万相，拈花一笑，指向出世之道。

君子立德，入世担当，是儒家之兰道。

幽谷逸香，隐世超脱，是道家之兰道。

明镜清台，出世入禅，是佛家之兰道。

**图书在版编目（CIP）数据**

一花一世界. 兰花 / 李林芳著. —济南：泰山出版社，2021.8

ISBN 978-7-5519-0635-7

Ⅰ. ① 一…　Ⅱ. ① 李…　Ⅲ. ① 散文集—中国—当代　Ⅳ. ① I267

中国版本图书馆CIP数据核字（2021）第047649号

YI HUA YI SHIJIE · LANHUA

一花一世界 · 兰花

**策　　划**　胡　威
**主　　编**　李掖平
**著　　者**　李林芳
**责任编辑**　赵　雨
**装帧设计**　路渊源

**出版发行**　泰山出版社
社　　址　济南市泺源大街2号　邮编　250014
电　　话　综　合　部（0531）82023579　82022566
市场营销部（0531）82025510　82020455
网　　址　www.tscbs.com
电子信箱　tscbs@sohu.com
**印　　刷**　山东通达印刷有限公司
**成品尺寸**　160 mm × 240 mm　16开
**印　　张**　11.75
**字　　数**　130千字
**版　　次**　2021年8月第1版
**印　　次**　2021年8月第1次印刷
**标准书号**　ISBN 978-7-5519-0635-7
**定　　价**　46.00元